Heinrich Laube

ROKOKO oder Die alten Herren

Lustspiel in fünf Akten

Heinrich Laube

ROKOKO oder Die alten Herren
Lustspiel in fünf Akten

ISBN/EAN: 9783742872586

Hergestellt in Europa, USA, Kanada, Australien, Japan

Cover: Foto ©Andreas Hilbeck / pixelio.de

Manufactured and distributed by brebook publishing software
(www.brebook.com)

Heinrich Laube

ROKOKO oder Die alten Herren

Rokoko

oder

Die alten Herren.

Lustspiel in fünf Acten.

Von

Heinrich Laube.

———— • –•– • ————

Leipzig

Verlagsbuchhandlung von J. J. Weber

1880

12 Bde.   à 1 Mrk.

Heinrich Laube's
Dramatische Werke.
Volksausgabe.

9. Band.

Rokoko
oder die alten Herren.

Lustspiel in 5 Acten.

BUCHHANDLUNG & ANTIQUARIAT

A. MEJSTRIK

WIEN, I. Wollzeile Nr 6.

Rokoko.

Lustspiel in fünf Acten.

Personen.

Der Marquis von Brissac.
Der Baron von Gérard.
Herr von Dibier, Parlamentsrath.
Prosper von Dibier, dessen Sohn.
Der Chevalier Victor von Victor.
Der Abbé von der Sauce.
Herr Remy, Advocat.
Die Marquise von Pompadour.
Die Baronin von Gérard.
Melanie, deren Tochter.
Monsieur Gavotte, Tanzmeister.
Tulpe, Diener des Marquis.
Dominique, Diener der Marquise.
Ein Polizeioffizier.
Ein Unbekannter.
Diener, Polizeisoldaten.

Ort und Zeit der Handlung: Versailles unter der Regierung Ludwigs XV.

Erster Act.

Zimmer bei der Marquise von Pompadour mit einer großen Mittelthür und links*) eine Seitenthür. Es ist glänzend erleuchtet und man hört in der Ferne Musik.

Erste Scene.

Dominique (öffnet die Mittelthür; es erscheint die) Marquise (mit dem) Chevalier (an der Schwelle).

Marquise (wendet sich noch einmal nach rückwärts, grüßt mit dem Fächer und sagt). Adieu! Adieu!

(Dann tritt sie ein mit dem Chevalier. Dominique wartet an der Thür, die er zugeschlagen hat. — Die Marquise und der Chevalier gehen bis in den Vordergrund.)

Marquise. Sie wollten auch fort, Chevalier, ganz wie ein gleichgültiger Fremder!

Chevalier (sich verbeugend). Die Frau Marquise gaben das Signal zum Aufbruche. —

Marquise. Sie sind unverbesserlich! Für die Menge gab ich's — à propos, Dominique! Herr von Didier, der Parlamentsrath, möchte die Güte haben, noch einen Augen= blick zu warten, ich habe ihm etwas mitzutheilen, und der Abbé von der Sauce desgleichen. (Sie macht Dominique eine Handbewegung; er geht ab.) Setzen wir uns, ich bin ermüdet. (Der Chevalier setzt zwei Lehnsessel in die Mitte.) Wenn der König

---

*) Rechts und links durchweg vom Zuschauer aus genommen.

so lange, wie heute, bei der Gesellschaft bleibt, da hat man
gar so angestrengt zu sorgen: die Langeweile summt wie
eine Fliege um ihn her, und wenn man nicht immerfort
wedelt und wehrt, so sitzt sie auf ihm, ehe man sich dessen
versieht. (Sie setzen sich.) Ach ja, Chevalier, Sie sind ein
glücklicher Mensch! Sie lassen sich das Leben nicht anfechten,
Sie fechten es an.

Chevalier.   Wofür wäre ich Soldat, Frau
Marquise!

Marquise.   Und wie gern zögen Sie den Degen
gegen die beiden Herren, die ich da eben bestellt habe, nicht
wahr?

Chevalier.   Was hälfe mir der Degen gegen einen
Parlamentsrath und einen Abbé?

Marquise.   Aber gegen den Sohn des Parlaments=
rathes, den schönen Prosper! Seien Sie ruhig, Chevalier,
in diesem Punkte bin ich Ihre Verbündete. Der schöne
Prosper soll Ihre Milchschwester nicht heirathen, das paßt
nirgends. Ist Ihnen das nicht genug?

Chevalier.   Die Frau Marquise sind für mich die
Gnade selbst.

Marquise.   Die Gnade selbst! Gnade ist ein Wort,
das ich alle Tage hundertmal höre. Sprechen Sie mit
Fräulein Melanie von Gnade? Sagen Sie mir, Chevalier,
das Mädchen ist wol pedantisch erzogen? Die Mutter ist
so über die Maßen larmoyant und fromm, und ich glaube,
der Abbé verdirbt sie noch alle Tage mehr.

Chevalier.   Aber die Frau Marquise sind ja selbst
eine Gönnerin des Abbés!

Marquise.   Ach, lieber Chevalier, das hat andere
Gründe! Meine Haushaltung braucht wunderliche Gewürze.
Diese halb jansenistische, halb jesuitische Richtung einiger
Weltpriester hat für uns einen gewissen Werth, weil die
übrigen Abbés den Kirchenglauben in Mißcredit bringen.
Wie wollen Sie das französische Volk regieren, wenn diesem
Volke nichts mehr heilig ist?

Chevalier. Glauben Sie denn, daß die Gleißnerei dieses Sauce die Würdigkeit des Glaubens befördert?

Marquise. Gleißnerei! Wer wird so harte Worte wählen! Schelten Sie doch nicht gegen Ihren eigenen Vortheil. Der Abbé ist so sehr, wie Sie, gegen die Verheirathung Ihrer Freundin.

Chevalier. Und aus welchen Gründen?

Marquise. Was kümmern Sie die Gründe, wenn das Ziel Ihnen willkommen ist! Ist's Ihnen nicht genug, daß er nicht auch das Mädchen heirathen will?

Chevalier. Weil er sie nicht heirathen kann.

Marquise. Wie? Chevalier, Sie sind thöricht mit Ihren verliebten Augen für diese Melanie! Sehen Sie sich doch um, die Welt ist viel reicher, als Sie sehn wollen! Sind Sie denn wie ein deutscher Junker, dem ein Paar Mädchenaugen die ganze Welt sind? Sie haben die schönste Laufbahn vor sich, nur müssen Sie zu gehn wissen. Ihre Tapferkeit bei Fontenoy hat es vergessen gemacht, daß Ihr Familienursprung dunkel ist; Sie fliegen in der Armee von Stufe zu Stufe; der König will Ihnen wohl; wenigstens sorgt man dafür, daß er Ihnen wohl wolle; er giebt Ihnen vielleicht in Kurzem ein Regiment, und wenn Sie zu leben und Farbe zu wählen wissen, wer weiß, ob nicht in der Folge ein Marschallsstab für Sie bestimmt ist.

Chevalier. Mein Gott, wie wäre das möglich in einer Zeit, welche den Kriegsmann verkümmern und versauern läßt in flitterhafter Friedenständelei!

Marquise. Sprechen Sie nicht voreilig! Der junge König von Preußen erregt Europa; unsere Armee kann über Nacht Marschordre bekommen. Und brauchen wir denn das ordinaire Schlachtfeld, um ein Talent zu erkennen und zu befördern? Leben wir nicht wie zur Zeit der ritterlichen Minnesänger? Ein Madrigal, ein geschickter Feldzug mit Damen kann Sie zum Helden stempeln. Ist nicht hier in Versailles alltäglich Gelegenheit, Kriegskenntnisse zu üben?

Aber eine Verbindung mit Fräulein Gérard wäre freilich das Ende des Anfangs. —

Dominique (tritt ein).

Marquise. Was ist?

Dominique. Der Herr Parlamentsrath von Didier läßt sich entschuldigen: dringende Geschäfte riefen ihn ab; und wenn die Frau Marquise ihm nicht sogleich erlaubten, seine Aufwartung zu machen, so müßte er für den Augenblick auf die Ehre verzichten —

Marquise. Ein pünktlicher Parlamentsrath — er möge kommen! (Dominique ab. Die Marquise steht auf, desgleichen der Chevalier.) Tief in der Nacht dringende Geschäfte! Diese Herren von der Robe wollen nicht höflich werden! Er soll noch warten und bitten lernen!

Zweite Scene.

Didier — die Vorigen.

Didier. Die Frau Marquise möge einem Geschäftsmanne verzeihen —

Marquise. Sie haben keine Zeit?

Didier. Der Morgen graut, Frau Marquise; ein paar Stunden Schlaf sind einem alten Manne unentbehrlich, welchem ein Tag voll wichtiger Pflichten bevorsteht: um neun Uhr ruft mich die Session und um zwölf Uhr die Verlobung meines Sohnes.

Marquise. Mit Fräulein von Gérard?

Didier. Mit Fräulein Gérard.

Chevalier. Heute schon?

Didier. Der Baron von Gérard hat mir eben beim Weggehen mitgetheilt, daß Alles vorbereitet sei.

Marquise. So?

Didier. Und was hätten mir die Frau Marquise zu befehlen? (Kleine Pause, während welcher die Marquise ihn und den Chevalier firirt.)

Marquise. Oh, eine Kleinigkeit, welche Sie nur noch eine Minute aufhalten soll, da Sie keine Zeit haben. — Sie sind auch schläfrig, Chevalier!

Chevalier. Nichts weniger als das!

Marquise. Aber Sie müssen ausschlafen — also auf Wiedersehn! Empfehlen Sie mich dem Herrn Marquis von Brissac, und drücken Sie ihm meine Verwunderung aus, daß er mit seinem Schützlinge Melanie so schnell verfahren ließe. Adieu, Chevalier! (Sie reicht ihm die Hand. Er küßt sie und geht ab.)

Dritte Scene.

Marquise — Didier.

Marquise (geht einige Male schweigend hin und her, dann klingelt sie und sagt zu dem eintretenden Dominique). Ist außer dem Abbé Niemand mehr da von der Gesellschaft?

Dominique. Niemand weiter, gnädige Frau Marquise.

Marquise. Welche Zeit ist es?

Dominique. Es wird Tag, gnädige Frau Marquise.

Marquise. Die Musik soll aufhören. (Sie winkt ihm mit der Hand. Dominique verbeugt sich und geht ab. Sie geht schweigend hin und her. Als die Musik aufhört, setzt sie sich.) Ich habe Ihnen zu sagen, Herr Parlamentsrath von Didier, daß die Verlobung Ihres Sohnes mit Fräulein von Gérard nicht gern gesehen wird.

Didier. Wie? und darf ich fragen, warum, und von wem sie nicht gern gesehn wird?

Marquise. Warum? Das weiß ich vielleicht nicht. Von wem? Das liegt wol nahe genug, wenn ich es Ihnen mittheile.

Didier. Vom Chevalier Victor? Das glaube ich wohl; er wäre lieber selbst der Bräutigam.

Marquise. Herr Parlamentsrath von Didier, ich bin nicht die Botschafterin des Chevalier von Victor, und Sie befinden sich hier im Schlosse zu Versailles.

Didier. Wie?

Marquise. Sie verstehen mich jetzt?

Didier. Nein.

Marquise. Er also selbst sieht diese Verlobung nicht gern.

Didier. Er?

Marquise. Er.

Didier. Wer?

Marquise. Sind Sie ein Rath, und rathen so ungeschickt? Oder wozu stellen Sie sich so unkundig? Ich will Sie nicht länger aufhalten, da Sie keine Zeit haben.

Didier. Was Sie da andeuten, Frau Marquise, ist für mich betrübend, kann aber meine Handlungsweise in nichts ändern.

Marquise. Wirklich?

Didier. Dem Könige von Frankreich gehört mein Kopf, mein bürgerliches Herz; und meine Arbeit; meine Familie aber, und was sie betrifft, gehört mir.

Marquise. So? Trägt Ihr Sohn nicht auch bereits die Gerichtsrobe?

Didier. Ja, und er ist bereit, zu leisten und zu opfern, was dieses Kleid mit sich bringt und heischt. Aber nicht seine Robe, nicht der Staat, nicht sein König mischen sich in die Wahl einer Gattin.

Marquise. Und das wissen Sie so genau?

Didier. Frau Marquise —

Marquise (aufstehend). Es thut mir leid, daß Sie sich so lange den Schlaf entziehen lassen — die Session beginnt um Neun, und schon wird es Tag. Der König wird sich bei Ihnen entschuldigen müssen, daß er durch seine Gegenwart die Assemblée in die Länge gezogen hat.

Didier. Ich habe die Ehre, der Frau Marquise mein Compliment zu machen!

Marquise. Schlafen Sie wohl, Herr Parlaments=
rath von Didier! (Er geht ab; sie klingelt, Dominique tritt ein.)
Der Herr Abbé. (Dominique ab.)

Vierte Scene.

Abbé von der Sauce — Marquise.

Marquise (sich setzend). Es wird schwer werden, Abbé,
die Kleine für uns zu erhalten. Wie ich gefürchtet, läßt
sich dieser Robenmann nicht einschüchtern, pocht auf sein
bürgerliches Recht, und pocht darauf, daß wir den Eclat
scheuen werden, die Heirath gewaltsam zu hindern. Und
er hat Recht: wir können das nicht; man muß nicht muth=
willig böses Blut machen, es bildet sich dessen von selbst
alle Tage mehr. Was thun? Der Chevalier wie der
junge Didier sind beide nicht die Ehemänner, welche unserm
Zwecke förderlich wären, und doch hat sie unser Herr heute
Abend wieder mit großem Vergnügen gesehen, und mir
beim Weggehn aufgetragen, sie convenabel zu verheirathen,
lieber heut als morgen. Was thun? Ich bin glücklich,
daß er sich für etwas interessirt; es gelingt selten genug,
hier aber sind die Maßregeln gar zu schwierig, es sind
mächtige Familien, und der verwegene Marquis von Brissac
steht ihnen bei.

Abbé. Die Verbindung mit Didier will ich wol
hindern, wenn die Frau Marquise mir freie Hand lassen,
und mich im Nothfalle hinterher schützen wollen.

Marquise. Warum sollt' ich nicht! Um einen
passenden Bräutigam zu finden, müssen wir erst den un=
passenden los sein.

Abbé. Und unpassend ist er, denn er gehört zu den
freigeistigen Familien, welche den Glauben untergraben,
den Zustand der Gnade verhöhnen, und unser Land ver=
wandeln in das Land Babylon. —

Marquise. Wenn's Ihnen möglich ist, Herr Abbé, so erlassen Sie mir diese Sprache Ihres Handwerks. Ich bin nicht fromm genug dafür, und Sie sind ja gescheidt genug, wie andre ehrliche Leute zu reden.

Abbé. Ganz wie die Frau Marquise befehlen.

Marquise. Charmant! Sie sind also doch noch Herr Ihres Leierkastens — es ist mir nur unerklärlich, Abbé, wie Sie mit solchen altmodischen Redensarten etwas über die Leute vermögen, und selbst über gescheidte Leute, nicht blos über alte Betschwestern, wie Ihre Baronin Gérard —

Abbé. Ich kann Ihnen das nicht sagen, Frau Marquise.

Marquise. Warum nicht? Schwatzen Sie getrost aus der Schule, ich verrathe Sie nicht.

Abbé. Ich kann's Ihnen nicht sagen, weil Sie's nicht verstehn würden. — Sprechen die Frau Marquise arabisch?

Marquise. Gott soll mich behüten!

Abbé. Nun, die Frömmigkeit ist Ihnen, wie die arabische Sprache: es fehlt Ihnen dafür an allen Anfangsgründen; Sie kennen nicht einmal die Buchstaben.

Marquise. Da haben Sie vollkommen Recht, und ich bin auch nicht begierig darnach.

Abbé. Das wird schon kommen.

Marquise. Davor bewahre mich der Himmel!

Abbé. Da sind die Frau Marquise schon beim ersten Buchstaben: der erste Buchstabe heißt Furcht.

Marquise. Furcht?

Abbé. Furcht Gottes!

Marquise. Sie irren sich: Furcht vor dem Teufel!

Abbé. Wie Sie befehlen, Frau Marquise, das bleibt sich gleich. Bei jedem Schritte, bei jedem Athemzuge hat der Mensch etwas zu fürchten; das Leben ist unerträglich peinlich, wenn man es nicht in höhere Hand befohlen hat.

Marquise. Ich fange an zu fürchten, daß Sie aus einem klugen Abbé ein blos frommer Priester geworden sind.

Abbé. Wodurch habe ich verdient, daß Sie es bisher bezweifelt haben?

Marquise. Wodurch Sie's verdient haben? Durch Ihr lustiges Leben und Ihren guten Kopf.

Abbé. Ich habe Beides schon lange abgebüßt.

Marquise. Das thut mir leid. Sie sind also jetzt ehrbar, und —

Abbé. Und beschränkten Geistes für die Dinge dieser Welt.

Marquise. Ich gratulire. Ei, ei! Ich bin und bleibe aber von dieser Welt, und muß nun die vielen Pläne, die ich mit Ihnen vorhatte, allein oder mit andern Gehülfen ausführen.

Abbé. Frau Marquise schließen zu rasch —

Marquise. Sie werden nun wol nächster Tage sich ins Kloster zurückziehen?

Abbé. Keineswegs, mein Beruf ist, unter den Welt=kindern zu wirken.

Marquise. Armer Abbé! Mit einem beschränkten Kopfe werden Sie da nicht viel ausrichten. Es ist schade um Sie — leben Sie denn wohl, denn wir passen nicht mehr zusammen, da ich das schlimmste Weltkind bin und zu bleiben gedenke. Wünsche Ihnen viel Gnade, Herr Abbé!

(Steht auf und geht.)

Abbé. Die Frau Marquise haben mich mißverstanden.

Marquise. Ich werde Ihre Possen immer mißver=stehen, wenn Sie dieselben auch mir gegenüber versuchen wollen! Bis wann sind Sie im Stande, das Verhältniß aufzulösen zwischen Fräulein Gérard und dem jungen Didier?

Abbé. Bis heute Abend.

Marquise. So schnell? — Kennen Sie das Mäd=chen so genau? Sie stocken?

Abbé. Die Verhältnisse kenne ich genau, und weiß sie aufzulösen.

Marquise. Und ohne Aufsehen?

Abbé. Ganz ohne Aufsehen.

Marquise. Wie viel brauchen Sie dazu?

Abbé. Tausend Louisd'or.

Marquise. Folgen Sie mir. (Geht links ab, der Abbé verbeugt sich und folgt ihr.)

Verwandlung.

Zimmer beim Marquis von Brissac. — Es ist Tag. — Das Zimmer ist tief und hat an der Hinterwand drei Thüren. Die mittlere davon wird nur durch einen Vorhang gebildet, hinter welchem später das Bett des Marquis sichtbar ist. Der Vorhang ist an den Seiten aufzustecken, und das Bett ist unmittelbar dahinter. Im Hintergrunde links, nahe an der linken Thür der Hinterwand, steht ein verschlossener Schrank. Rechts im Vordergrund ein Toilettentisch und offener Schreibtisch dicht neben einander. An der rechten Seite eine Eingangsthür.

Fünfte Scene.

Tulpe (tritt leise ein und arrangirt ohne das mindeste Geräusch Alles, was zur Toilette nöthig; er spricht leise). Es ist ein Frieden, wie in der Kirche, so lange er schläft. (Er sieht sich um, und droht nach den Bettvorhängen.) 's wird wieder ein schöner Tag werden; die ganze Nacht hat er gepraßt und gespielt und 's Geld verspielt, und mein armer Leib wird wieder den Verdruß ausbaden. (Mit etwas lauterer Stimme.) Gott soll mich strafen, wenn ich — (leiser sprechend und sich umsehend) st! das länger aushalte. In die Kirche geht er das ganze Jahr nicht, mich mißhandelt er alle Tage, und der Herr Abbé hat Recht, daß er zu den vornehmen Sündern gehört, die man betrügen und vernichten muß. Ich hab mir's überlegt: wenn er mich heute wieder maltraitirt, so thu' ich's! Oh, (er ballt die Faust nach hinten) ich hasse dich gründlich — (man hört hinter dem Vorhange husten — Tulpe horcht) Heiliger Antonius, er wird mich doch nicht gehört haben!

(Pause.) Ich habe alle Stöcke 'naus geräumt, damit's doch nicht gleich beim Aufstehen, das immer die schlimmste Zeit ist, eine ordentliche Schlacht geben kann, sondern höchstens ein Scharmützel von Ohrfeigen und Püffen. Alles laß' ich mir gefallen, wenn ich muß, aber das Stoßen mit dem Fuße, wie ich unsere Hunde stoße, das macht mich rabiat. Warte nur, sterben mußt Du doch einmal!

Sechste Scene.

Der Chevalier (tritt hastig ein) — Tulpe.

Chevalier. Schläft der Herr Marquis noch?

Tulpe. Um aller Heiligen willen, Herr Chevalier, sprechen Sie leise oder er schlägt uns todt, mich wenigstens.

Chevalier. Weck' ihn auf! Ich hab' ihm etwas Wichtiges und Eiliges zu sagen.

Tulpe. Da müßt' ich doch verrückt sein; ich darf ihn nicht wecken, wenn der König selber kommt — gehen Sie mit mir hinaus, ich will's Ihnen erklären, Sie sind das Leisesprechen doch nicht so gewohnt wie ich —

Chevalier. So will ich ihn selber wecken!

Tulpe. Sie ruiniren mich, Herr Chevalier! Ich darf ja Niemand in dies Zimmer lassen, wenn er mir nicht alle Knochen im Leibe zerschlagen soll!

Chevalier. Laß mich los, Du übertreibst, der Herr Marquis ist ein so guter Herr —

Tulpe. Ja, gegen Sie! Außerdem, Herr Chevalier, wenn Sie was von ihm wünschen, so ist dies der ungünstigste Augenblick! Wenn er aufwacht, ist er wie ein brummiger Bär gegen Jedermann, wenn er aufgeweckt wird, ein brüllender Löwe.

Chevalier. In der That?

Tulpe. Gott und ich (auf seinen Rücken fühlend) wissen das am besten!

Chevalier. So will ich schreiben! (Er setzt sich an den offenen Schreibtisch.)

Siebente Scene.

Die Vorigen — der Abbé (erscheint, während der Chevalier schreibt, an der Thür).

Tulpe (eilt auf ihn zu und macht ihm lebhafte Gesticulationen, daß er sich entfernen möge). Warten Sie einen Augenblick — treten Sie in die Thür rechts!

Chevalier (wendet sich halb um). Was ist? Erwacht er? —

Tulpe (stellt sich vor den Abbé). Im Gegentheil, er fängt an zu schnarchen — sprechen Sie doch nur um 'ne Terz leiser, ich sterbe vor Angst. (Sobald der Chevalier wieder schreibt, deutet Tulpe dem Abbé mit heftigen Zeichen an, zurückzugehen. Dieser schüttelt den Kopf und zeigt fragend auf die linke Thür in der Hinterwand. Tulpe macht eine Bewegung der Unschlüssigkeit und sagt ganz leise:) Das ist zu gefährlich!

Chevalier (schreibend). Was sagst Du?

Tulpe (tritt zu ihm, während der Abbé auf den Zehen nach jener Thür schleicht und dahinter verschwindet). Ich fragte, ob Sie bald fertig seien?

Chevalier. Ja. Gieb ihm dies Billet, wenn er seine Chocolade getrunken hat; sag' ihm, ich sei hier ge= wesen, ich sei in Verzweiflung, hörst Du?

Tulpe. Ja, ich kenne das!

Chevalier. Was?

Tulpe. Die Verzweiflung.

Chevalier. Den Teufel kennst Du! — Lieber Tulpe, besorg' mir's ordentlich, ich bin Dir dankbar dafür. Adieu! (Ab.)

Tulpe. Adieu! — Das ist der Beste von der ganzen

vornehmen Sippschaft, drum ist's auch nicht richtig mit
seiner Abstammung. „Lieber Tulpe" sagt keiner von ihnen.
Diesem jungen Herrn thu' ich auch zur Noth einen Ge=
fallen, und ich glaub's mein Lebtag' nicht, daß der Marquis
sein Vater sei.

Achte Scene.

Abbé (den Kopf aus der linken Hinterthür steckend) — Tulpe.

Abbé. Ist er fort?

Tulpe. Ja, leise — leise!

Abbé (zu ihm in den Vordergrund kommend). Wohin führt
die Thür aus jenem Zimmer? (Er deutet auf das, in welchem er
gewesen.)

Tulpe. Auf eine kleine Treppe, und diese führt in
den Hof. Sie können da hinaus.

Abbé. Wie lange schläft der Sünder?

Tulpe. Bis gegen die Mittagsstunde.

Abbé. Das Leben der Verworfenen!

Tulpe. Ja, wenn der nicht in die Hölle kommt,
dann giebt's keine!

Abbé. Lästre nicht, sie ist ihm sicher, ihm und
sämmtlichem Gelichter von Marquis und Baronen. Es
ist unsere Schuldigkeit, sie durch allerlei Unglück darauf
vorzubereiten.

Tulpe. So?

Abbé. Hast Du besorgt, was ich Dir aufgegeben?

Tulpe (auf den Schrank blickend). Die Briefe da?

Abbé. Nun?

Tulpe. Aber, ehrwürdiger Herr, das hieße ja
stehlen!

Abbé. Thor! Gottes Gerechtigkeit fördern heißt es:
die Briefe enthalten das Sündenregister dieser Sippschaft
und helfen ihm zu Gericht und Strafe. Weigre Dich

2 *

also nicht, sie mir einzuhändigen! Komm, wo hast Du sie verborgen?

Tulpe. Ich habe sie noch nicht verborgen.

Abbé. Hast sie noch bei Dir?

Tulpe. Nein.

Abbé. Wo denn?

Tulpe. Ich hab' sie noch gar nicht!

Abbé (für sich). Tölpel! — Nun, so nimm sie jetzt!

Tulpe. Jetzt? (nach dem Vettervorhange sehend) Ehrwürdiger Herr! auf den Himmel mögt Ihr Euch verstehen, aber auf's Stehlen nicht.

Abbé (ärgerlich). Wie so?

Tulpe. Könnt Ihr Wunder thun?

Abbé. Versteht sich!

Tulpe. Ja, dann können wir sie kriegen — seien Sie also so gut, dem Schranke dort zu sagen, daß er sich aufthut, ich weiß, wo sie liegen.

Abbé. Wo ist der Schlüssel?

Tulpe. Wenn wir den Schlüssel hätten, dann brauchten wir kein Wunder.

Abbé. Für solche Kleinigkeit thut der Himmel kein Wunder.

Tulpe. Sie haben mir ja aber doch 100 Louisd'or dafür versprochen, es muß also doch keine Kleinigkeit sein!

Abbé (ihm die Börse zeigend). Hier ist Dein Lohn und mein Segen dazu, wenn Du sie schaffst.

Tulpe (greift nach der Börse, welche der Abbé ohne Weiteres wieder einsteckt). Er hat den Schlüssel immer in seiner Börse und die Börse immer bei sich, wenn er schläft, unter dem Kopfkissen. Nur wenn er sich zum Staat ankleidet und seine diamantnen Knöpfe und Nadeln herausnimmt, gebraucht er ihn, und nur, wenn er zerstreut ist, läßt er mich den Schmuck herausholen. Sie sehen also, wie ich's abwarten muß, um eine Gelegenheit zu haben. Ein Päckchen Zeitungen, Mercure de France, hab' ich immer bereit, es ist gerade so groß, wie das Briefpaket, gerade so mit Seide umschnürt, und ich will's hineinlegen, sobald ich einmal drüber komme.

Abbé. Du mußt heute drüber kommen!

(Man hört rechts draußen die Stimme des Baron Gérard und die Worte:) Ist der Herr Marquis aufgestanden?

Tulpe. Der Baron Gérard!

Abbé. Der braucht mich nicht zu sehen! — halt' ihn auf, Tulpe! Wenn er beim Aufstehen zugegen ist, wird der Marquis vielleicht zerstreut, und —

Tulpe. Machen Sie doch, daß Sie fortkommen!

(Während der Abbé wieder in sein Versteck eilt, geht Tulpe nach der Eingangsthür, vor sich hin sprechend:) Dieser Morgen hängt voller Prügel!

Neunte Scene.

Tulpe — gleich darauf Baron Gérard.

Tulpe (leise, wie bisher, an der Thür hinaussprechend). Darf ich den Herrn Baron unterthänigst bitten, nicht herein zu treten? Der Herr Marquis schlafen noch und mißhandeln mich erschrecklich, wenn sie gestört werden —

Baron (eintretend). Du sollst ihn sogar aufwecken, ich nehm's auf mich!

Tulpe. Sie nehmen's auf sich?

Baron. Jawohl! (Er geht vorn nach dem Lehnstuhle und setzt sich.)

Tulpe (halb für sich). Das wär' mir schon recht! — Sie wird er nicht beim Kragen nehmen, aber mich!

Baron. Tülpchen, Du bist unanständig, geh' und weck' ihn.

Tulpe (verzweiflungsvoll mit dem Arme schlenkernd). Weck' ich ihn, so hab' ich die Schläge sicher; weck' ich ihn nicht, und er hört, daß der Herr Baron, der einzige Mensch, vor dem er Respect hat, umsonst hier gewesen ist, so hab' ich sie auch sicher — dort ist Regen, hier ist Traufe!

Baron. Nun, Tülpchen! Du weckst ihn peu à peu?

Tulpe. Wollen ihn der Herr Baron nicht vielleicht selber wecken, und mir indessen Ihren Stock erlauben?

Baron. Nicht doch, Tülpchen, Du sagst ja: er beißt, wenn er geweckt wird, und dieser Stock, mit dem ich eine Fregatte commandirt habe, darf nie in die Hand der Canaille kommen.

Tulpe. Ist noch niemals Jemand damit geschlagen worden?

Baron. Pfui doch, niemals!

Tulpe. So thu' ich, was ich muß! (Er geht ans Bett, schlägt den rechten Vorhang des Marquis zurück und entfernt sich dann einige Schritte vom Bette nach rechts hin, so daß ihn der Marquis nicht sehen kann. Dieser trägt eine weiße Nachtjacke von Piqué und eine weiße Schlaf= mütze mit rothen Bändern.)

Zehnte Scene.

Tulpe — Baron — Marquis.

Tulpe (erst leise, dann lauter und lauter). Herr Marquis, gnädiger Herr Marquis! (Der Marquis rührt sich und murmelt.) Gnädigster Herr Marquis von Brissac!

Marquis (richtet sich auf, ohne die Augen zu öffnen). Was zum Teufel — quitte ou double!

Tulpe (für sich). Der Teufel geht mit ihm zu Bett und steht mit ihm auf! (laut) Gnädiger Herr Marquis, der Herr Baron von Gérard sind hier, und haben mir bei Leib und Leben befohlen, Sie zu wecken!

Baron (lächelnd und schnupfend). Du lügst ja, Tuli= pänchen!

Marquis. Baron Gérard? (Oeffnet die Augen.) Ist die Baronin oder Melanie —? Schwerenoths=Tulpe, was unterstehst Du Dich! Wo bist Du?

Tulpe. Hier, gnädigster Herr Marquis! Der Herr Baron sind auch hier; ich habe umsonst vorgestellt —

Marquis (greift mit der Hand aus dem Bett heraus, als ob er etwas suchte). Wo ist mein Stock?

Tulpe. Ich hab' ihn zum Putzen draußen — der Herr Baron von Gérard sind bereits hier im Zimmer!

Baron (sich nähernd). Wohl geschlafen zu haben, Marquis, bedaure, bedaure, daß ich gestört habe, die Sache leidet aber keinen Aufschub —

Marquis. Ich bin untröstlich, lieber Baron — wie denn? — Ja, ich bin untröstlich, daß Sie haben warten müssen. Mein Bengel taugt zu nichts! Ist ein Unglück vorgefallen, lieber Baron? Die Baronin? Melanie? — einen Sessel, Dummkopf! (Tulpe setzt einen Sessel ans Bett.)

Baron. Im Gegentheile, ein Glück, ein Glück treibt uns so früh umher!

Marquis (ihm die Hand reichend). Ich grüße Sie, ver=ehrtester Baron, ich grüße Sie bestens. Darf ich Sie wol bitten, mir Ihren Stock auf fünf Minuten zu erlauben?

Tulpe (zieht sich nach der Thür zurück).

Baron. Mit dem größten Vergnügen, lieber Mar=quis, Sie wissen, ich habe mit ihm die Juno commandirt!

Marquis. Zu viel Ehre für den Bengel, aber Bediente und Hühnerhunde muß man auf frischer That abstrafen, sonst wissen sie nicht, warum. — Tulpenbengel, nähere Dich!

Tulpe. Aber, gnädigster Herr Marquis, wenn ich den Herrn Baron fortgeschickt hätte, so hätten Sie mich auch gestraft!

Marquis. Allerdings, raisonnire nicht, sondern komm hieher!

Baron. Sie werden doch nicht, lieber Marquis?

Marquis. Ich werde, verehrtester Baron, wenn es Sie nicht stört —

Baron. Ihre würdige Hand in Ehren, aber mein Commandostab ist zu gut für den Buckel des Kerls!

Marquis. Ach, das ist richtig! — Tulpenbengel,

hole meinen Stock und erinnere mich bei der Chocolade
daran, daß Du ausgezahlt wirst — Schulden bei der
Dienerschaft taugen nichts.

(Tulpe geht mit geballten Fäusten ab. Der Abbé sieht einen Augenblick
halb verstohlen aus seiner Thür, zieht sich aber gleich wieder zurück.)

Elfte Scene.

Marquis — Baron.

Marquis. Vergebung, lieber Baron, daß Sie durch
die Sorge für meine Hausthiere gestört und an Ihrer
Mittheilung behindert werden, darf ich nun darum bitten?
Sie sind wol nachträglich zum Commando eines Linien=
schiffes avancirt worden, weil Sie lange genug pensionirt
und alt genug geworden sind, um keinen Schaden mehr
anzurichten?

Baron. Sie Schäker! — Ist Ihnen eine Prise
gefällig? (Der Marquis nimmt eine und schnupft.) Aber keinen
Scherz über meinen Seedienst, ich habe dabei die Wirth=
schaft auf dem Lande besser schätzen gelernt, als Sie alle.
Das führt mich zur Sache! Während ich noch vor beinahe
zwanzig Jahren so thöricht war, einer unergiebigen Carrière
meine Zeit und meine Knochen zu widmen, während ich
Jahre lang von den Meinen abwesend war, nahmen Sie
sich meiner Familie an, unausgesetzt, uneigennützig. Sie
vertraten geradezu meine Stelle ---

Marquis. Ich bitte, ich bitte, lieber Baron.

Baron. Melanie ist fast eben so sehr Ihre Tochter
geworden, wie sie die meinige ist, und meine Frau —

Marquis. Wollen Sie nicht die Einleitung ab=
kürzen?

Baron. Nun, es kommt Ihnen also vorerst zu, daß
ich Sie in Kenntniß setze von dem nahen Schicksalswechsel
meiner Tochter —

Marquis. Parbleu! das glaub' ich! Was ist?

Baron (ihm eine Prise reichend, welche jener ablehnt). Wie schätzenswerth ist Ihr feuriger Antheil! Sie wissen, Mar= quis, daß wir verschiedener Meinung geworden sind über das Leben —

Marquis. Aber Melanie?

Baron. Kommt in Folge der verschiedenen Meinung. Es war mir besonders darum zu thun, ihr eine solide Partie aufzufinden. Ich trachtete nicht nach Marquis= oder Grafenkrone, denn die Herren Marquis — die Anwesenden sind immer ausgenommen, das wissen wir ja — die Herren Marquis sind so leichte Waare geworden, daß ich einem Marquis selbst auf die erste Hypothek nichts mehr leihen möchte. Die Marquis sind so geistreich, daß selbst eine erste Hypothek ihnen kein Hinderniß ist, hab' ich Recht?

Marquis. In diesem Punkte vollkommen.

Baron. Wem ich aber auf die erste Hypothek nicht leihen mag, dem geb' ich auch meine Tochter nicht. Wofür sammle ich, wofür speculire ich? à propos, wir denken an der Börse eine Einrichtung zu treffen, daß in einer Viertelstunde Millionen gewonnen werden können, natürlich nur von Leuten, die schon Millionen haben und die zwanzig Finger besitzen. Deren giebt's Gott sei Dank nicht viele!

Marquis. Aber Melanie!

Baron. Ganz recht, ich habe gefunden, was ich gesucht, heute Nacht bei der Marquise von Pompadour sind wir einig geworden, in zwei Stunden ist Verlobung, und deshalb bin ich hier, lieber Marquis —

Marquis. Was?

Baron. Denn Sie dürfen dabei nicht fehlen!

Marquis. Wer ist der Bräutigam?

Baron. Der schöne und reiche Prosper von Didier.

Marquis. Was! Schlechter Parlamentsadel, Leute, die von der Feder leben, Parvenüs, bürgerliche Gesinnung, nimmermehr!

(Der Abbé ist wieder einen Augenblick sichtbar.)

Baron. Nimmermehr! Lieber Marquis, ich ver=
heirathe doch wol meine Tochter! Die Tiviers sind solide
Leute, sind als Gerichtspersonen einflußreiche Leute, ich habe
als Fabrikherr oft Processe zu bestehen, außer aller Mit=
gift gewinnt dadurch mein Vermögen.

Marquis. Vermögen und immer Vermögen! Sind
Sie nicht reich, bin ich nicht reich, erbt nicht Melanie
Alles, was ich habe?

Baron. Reich, reich! Ein Baum, der nicht mehr
wächst, hat keine Zukunft, wird umgehauen und wird ver=
braucht, sei er noch so hoch. Ein Vermögen, das nicht
arbeitet, wird verbraucht, wie der Baum, sei's noch so groß.

Marquis. Kann man nicht Güter kaufen, hab' ich
nicht Güter?

Baron. Sie sind sehr freundlich, lieber Marquis,
meine Tochter so zu bedenken; aber erstens hoffe ich, daß
Sie noch hundert Jahre leben, und zweitens bringen Güter
zwei bis drei Procent. Das ist ja eine Sünd' und Schande,
da man Geld zu zehn bis zwölf Procent arbeiten lassen
kann. Dies wird über kurz oder lang der Tod unsers
Adels sein, daß er faul ist und sein Leben den herkömm=
lichen Spielereien widmet statt speculativer Wirthschaft.
Dem Geschäftsmanne gehört die Welt, er macht mit den
Zuschauern, was er will, Geschäft ist Leben, ist Macht,
alles Andere ist Flitter.

Marquis. Auch Staat, Ehre, Rang, auch die
Familie?

Baron. Staat ohne Geld ist ein organisirter Banke=
rott. Ehre ist das Gefühl, Viel zu vermögen, und mit
Geld vermag ich Alles, Rang ist Putz, Putz kauft man
allerwegen. Familie? Mein Gott, Familie ist eine Sache
für's Haus, ist eine Last, wenn man sie nicht reichlich ver=
sorgen kann, ist im Wege bei großen Speculationen und
macht uns Vergnügen, wenn wir sie prächtig ausstaffiren
können.

Marquis. Baron! Die Batterien bei Fontenoy haben mir nicht einen so peinlichen Eindruck gemacht, wie Ihre Reden — und was sind Sie, wenn Ihre Fabriken und Ihre Börsengelder durch Unglück oder Betrüger an einem schönen Morgen in die Luft gehn? Was bleibt Ihnen?

Baron. Was Ihnen, wenn ein Proceß Ihre Güter nimmt?

Marquis. Meine Ehre, mein Rang, mein Stolz bleiben mir.

Baron. Schnurrige Leute! (bietet ihm eine Prise, die jener ablehnt) Vor Batterien habt Ihr Courage, vor den Chancen des Geschäfts habt Ihr keine, und die Batterien sind immer gegen Euch, die Chancen des Geschäfts können für Euch sein! (lacht) Munter, Marquis, kleiden Sie sich an, damit Sie zurecht kommen, meine Frau will Sie noch vorher sprechen — (steht auf) wir sind zu alt, um einander zu ändern! Auf Wiedersehn also, um elf Uhr!

Marquis (ihm die Hand reichend und ihn festhaltend). Thun Sie's nicht, Baron, eilen Sie wenigstens nicht so!

Baron. Ein abgemacht Geschäft ist wie ein unter= zeichnet Patent!

Marquis. Sie kennen den alten Didier nicht!

Baron. Was brauch' ich ihn weiter zu kennen?

Marquis. Ich kenne ihn, wir sind beide aus der Auvergne, behüten wir das Kind vor diesen pedantisch tugendhaften Parlamentsleuten, es sind die stillen und darum schlimmsten Sünder, geben Sie Melanie nicht in solche Hände!

Baron. Vorurtheile! Frisch, frisch, Marquis! lassen Sie nicht warten, ich hole den Remy, meinen alten Advo= caten, zum Contracte. Adieu! Adieu! (Ab.)

(Der Marquis zieht den Bettvorhang zu.)

Zwölfte Scene.

Abbé — Tulpe.

Die Bühne bleibt einen Augenblick leer; dann streckt der Abbé den Kopf hervor und gleichzeitig Tulpe den seinen durch die Ausgangsthür rechts. Tulpe bedeutet pantomimisch eifrigst den Abbé, sich wieder zurückzuziehen, auf das Bett und die Thür rechts im Hintergrunde zeigend. Da der Abbé nicht weichen will, sondern seine Thür öffnet, so läuft Tulpe rasch auf den Zehen über die Bühne zu ihm und sagt ihm leise:

Tulpe. Er zieht ja nur in seinem Cabinet den Schlafrock an, und tritt sogleich hier ein, um zu frühstücken — auch Sie sind hier nicht mehr sicher vor ihm! 's ist ja gar nicht nöthig, daß Sie sich hier aussetzen. Gott weiß, was er mit Ihnen machte, wenn er Sie hier fände! Mir drehte er den Hals um. Sobald ich der Briefe habhaft werden kann, geb' ich Ihnen auf der Stelle Nachricht.

Abbé. Das muß heute geschehen, sonst nützen sie nichts, gelten also auch nichts.

Tulpe. Heute?

Abbé. Jetzt. Verschaff' Dir den Schlüssel!

(Man hört den Marquis innen mit dem Stuhle rücken.)

Tulpe. Fort! riegeln Sie zu!

(Der Abbé verschwindet, Tulpe eilt wieder auf den Zehen zurück und geht durch die Ausgangsthüre ab. Gleich darauf kommt der Marquis aus der rechten Thür in der Hinterwand.)

Dreizehnte Scene.

Der Marquis (im Schlafrocke, darunter aber schon oberflächlich angekleidet. Er geht einmal im Zimmer auf und nieder).

Marquis. Ich kann nichts Durchgreifendes dagegen thun; es würde auffallen — und doch ist mir die Heirath in den Tod zuwider!

Vierzehnte Scene.

Marquis — Tulpe (der einen Tisch mit dem Frühstücke des Marquis hereinträgt und ihn neben den Schreibtisch stellt).

Marquis. Meine Kleider!

Tulpe. Zu Befehl, Herr Marquis! (auf den Tisch deutend) Der Herr Chevalier von Victor waren hier, und haben einen Brief geschrieben! (Ab.)

Marquis (sich zum Tische setzend, den Brief öffnend und lesend). Armer Junge! — 's war auch mein Gedanke, Dir das Kind zu geben! Zu spät! Ach, und welche Leidenschaft!

Tulpe (bringt die Kleider und sieht eine Weile schweigend und halb lächelnd auf den Marquis, welcher den Kopf in die Hand gestützt hat). Befehlen der Herr Marquis die diamantnen Knöpfe und Nadeln?

Marquis (ohne zu antworten, nimmt die Feder zum Schreiben).

Tulpe. Befehlen der Herr Marquis die diamantnen Knöpfe und Nadeln?

Marquis (schreibend). Ja!

Tulpe. Darf ich den Herrn Marquis um den Schlüssel bitten?

Marquis (zieht ohne aufzustehen die Börse aus der Tasche und wirft sie Tulpe vor die Füße, weiter schreibend).

Tulpe (hebt sie rasch auf, nimmt den Schlüssel heraus; und während er die Börse auf den Tisch legt, nimmt er das Paket Zeitungen und geht nach dem Schrank. Er öffnet ihn, nimmt, abwechselnd nach dem Marquis blickend, die Briefe heraus und legt die Zeitungen hinein. Der Abbé steckt den Kopf herein, tritt mit einem Schritte ins Zimmer und greift nach den Briefen. Tulpe zieht sie weg und spricht halblaut). Noch nicht!

Marquis (mit Schreiben inne haltend, ohne sich umzusehen). Wer ist da?

(Der Abbé fährt in das Zimmer zurück.)

Tulpe (die Briefe einsteckend). Niemand, Herr Marquis.

Marquis (sich umdrehend). Du sprachst doch!

Tulpe. Ich schalt meine Ungeschicklichkeit, daß ich den Schlüssel fallen ließ. — (Er setzt ein Kästchen vor ihn und legt den Schlüssel darauf.)

Marquis (weiter schreibend). Zieh' mir die Schuhe an!

Tulpe (thut es, während der Marquis noch schreibt).

Marquis (noch schreibend). Mein Toupet!

Tulpe (nimmt ihm die Nachtmütze ab und setzt ihm auf den kahlen Kopf das Toupet).

Marquis (hat unterdeß den Brief gefaltet und adressirt, er steht auf und reicht den Arm hin. Tulpe zieht ihm den Schlafrock aus, die Weste und den Rock an und reicht ihm den Degen). Licht! (Während Tulpe hinausgeht, es zu holen, steckt sich der Marquis vor dem Spiegel des Toilettentisches Knöpfe und Nadeln an, und steckt Börse und Schlüssel zu sich Nachdem Tulpe Licht gebracht, siegelt er den Brief und wirft ihn mit den Worten hin:) Sogleich zum Chevalier von Victor! — Hut und Stock! (Tulpe giebt den Hut.) Wo ist mein Stock? (Tulpe fährt zusammen.) Ach, ich bin noch in Deiner Schuld, Bengel! Rasch! (Tulpe ab.)

Marquis (hin- und hergehend). Ich kann nichts Entscheidendes thun, ohne Alles auf's Spiel zu setzen! Wenn mir Melanie und die Baronin nicht zu Hilfe kommen, so ist sie für Victor verloren!

Tulpe (kommt zögernd mit dem Stocke).

Marquis. Rasch, Bengel, ich hab' jetzt keine Zeit, Dich zu bezahlen! (Nimmt den Stock und geht, den Schmuck wieder einzuschließen.)

Tulpe (als der Marquis an der Thür ist). Wenn's dem Herrn Marquis einerlei wäre, mich nicht Bengel sondern Tulpe zu nennen, so wäre mir das —

Marquis. Schweig', es ist mir nicht einerlei — Du heißest, wie ich will, und wenn ich zurückkomme, erinnerst Du mich daran, daß Du noch Unterricht zu kriegen hast; ich sehe, Du brauchst ihn. (Ab.)

Fünfzehnte Scene.

Tulpe allein (hinter ihm her drohend).

Unterricht! — Gott gebe, daß Dir die Briefe ein rechtes Herzeleid bereiten! (Er geht an den Tisch, schenkt sich Chocolade ein und trinkt.) 's muß ihm schon schlecht zu Muthe sein, daß er seine Chocolade stehen läßt. Gott wird doch wol endlich ein Einsehen haben gegen diese vornehmen Sünder, die uns mit Füßen treten.

Sechzehnte Scene.

Abbé (tritt ein) — Tulpe.

Abbé. Ist er fort?

Tulpe. Ja.

Abbé. So gieb die Briefe!

Tulpe. Erst das Geld, ehrwürdiger Herr!

Abbé. Das wird nicht ausbleiben —

Tulpe (eine neue Tasse einschenkend). Grad' so lange, wie die Briefe! Eine Hand wäscht die andre, zum Zeitvertreib riskire ich meine Knochen nicht!

Abbé. Mißtrauischer Thor! Da! (Reicht ihm eine Börse.) Nun gieb!

Tulpe. Einen Augenblick! Der Herr Abbé haben's schwerlich selber gezählt — (Er zählt.)

Abbé (murmelnd). Spitzbub!

Tulpe. Ganz richtig. — Sagten Sie was? (Die Briefe herausholend.) Halt! noch ein Wort! Ist denn für den alten unausstehlichen Baron, der mich immer Tülpchen nennt, auch eine Portion Aerger in diesen Briefen? Ich gönn's ihm so herzlich!

Abbé. Eine starke Portion!

Tulpe. Das freut mich! — Da sind sie, und machen Sie Aergerniß daraus, so viel Sie können. Daß Sie mich, wenn es zum Aergsten kommt, nicht nennen, das weiß ich; denn Sie haben selbst die Hand mit auf dem Schreibtische gehabt! (lachend) und mein Freund, der Portier, weiß, daß Sie im Hause waren (lacht).

Abbé (macht eine ablehnende Handbewegung und geht, im Abgehen murmelnd). Canaille. (Ab.)

Tulpe. Das ist so Politik für's Haus, Bedienten=politik.

(Während Tulpe von Neuem auflacht und wieder nach der Tasse greift, fällt der Vorhang.)

Zweiter Act.

Zimmer beim Baron Gérard. Mittelthür im Hintergrunde. Seiten=
thür an der linken Wand. An derselben Wand ein Sofa. Rechts
vorn ein Tisch zum Schreiben. Rechts hinten ein Kamin, davor
ein Schirm. Sessel.

Erste Scene.

Fräulein Melanie — Gavotte.

Melanie (tanzt).

Gavotte (auf einer Geige spielend).

Ah brava, bravissima! Nur noch ein wenig mehr
Nachdruck mit dem linken Fuße! Ein Fuß hat so viel
Recht wie der andere — comme ça, comme ça, deliciös,
so entsteht Harmonie; Harmonie ist Alles, Harmonie ist
Tugend! — Das Antlitz, wenn ich bitten darf, etwas
weniger ernsthaft — nicht lachen, nicht wirkliches Lachen!
Pausiren wir einen Augenblick, um diesen wichtigen Theil
der Anmuthslehre zu erledigen.

Melanie. Warum denn nicht lachen, Monsieur Gavotte?
Das ist ja hübsch!

Gavotte. Mille pardons, Mademoiselle, c'est trop.
Lachen ist zu viel. Lachen reißt die Gesichtszüge aus ein=
ander, der Mund wird groß, die Augen werden klein, und
die Haut gewöhnt sich in Falten. Viel Lachen macht alte
Gesichter. —

Melanie. Hören Sie auf, ich lache nicht mehr!

Gavotte. Wenn man lacht, so hat man schon die Contenance verloren; man ist ohne Maß und Zügel; man sieht thöricht aus, und alle geheimen Fehler des Menschen kommen zum Vorschein.

Melanie. Entsetzlich!

Gavotte. Ja! Lächeln muß man, blos lächeln. So, par exemple! Ich bitte, mein Fräulein, das Gesicht in die gleichgültigste Stellung zu versetzen; denken Sie an eine Person, die Ihnen gar keinen Effect macht!

Melanie. An mein Kammermädchen!

Gavotte. Vortrefflich! Nun gehen Sie über auf eine Person, die Ihnen leidlich angenehm ist!

Melanie. Auf meinen Bräutigam —

Gavotte. Sehr schön! So. Jetzt spielen kleine Sonnenblicke auf dem Antlitze umher; so! gnädiges Fräulein! Diesen Ausdruck halten Sie fest für alle Gesellschaft, in welcher Sie blos angenehm repräsentiren wollen; ganz recht, darin ist die nöthige Ruhe, die nöthige Anmuth vereinigt: es ist Aplomb.

Melanie. Aplomb!

Gavotte. Jetzt bitt' ich um völligen Sonnenaufgang in Dero Antlitze!

Melanie. Ich sehe den Marquis kommen, meinen vortrefflichen Pathen: nicht wahr?

Gavotte. A merveille! Das ist eine unschätzbare Physiognomie für alle intimere Gesellschaft; das ist der gerade Weg zur hinreißenden Liebenswürdigkeit.

Melanie. Also ich könnte diesen Weg finden?

Gavotte. Oh! Oh! Aber weiter gehen Sie nicht, Mademoiselle, wenn die Gesellschaft bis zu fünf Personen zählt. Ein stärkerer Ausdruck von Anmuth gilt für Herausforderung; er beleidigt deshalb die anderen Damen, und wird vom Neide Koketterie genannt.

Melanie. Ist denn Koketterie ein Fehler?

Gavotte. Nein, sie ist kein Fehler, so lange sie nicht Koketterie heißt.

Melanie. Aha!

Gavotte. Und Sie müssen ja noch eine Steigerung übrig behalten für das Wiedersehen eines geliebten Wesens, für ein tête à tête.

Melanie. Ah, das ist dann der volle Sonnenschein?

Gavotte. Der volle Sonnenschein, entzückend!

Melanie. Ich denke an Victor!

Gavotte. Den Herrn Chevalier, ganz schön! Fast zu stark, zu prononcirte Sommersonne! Ich würde bitten —

Zweite Scene.

Marquis — Chevalier (treten ein) — die Vorigen.

Melanie (ihnen entgegen). Ah, da sind sie, meine Sonnenritter! Bon jour, lieber Herr Pathe! Bon jour, Victor!

Marquis (sie auf die Stirn küssend). Bon jour, meine liebe Melanie!

Melanie (Victor die Hand reichend). Ich empfehle Euch Monsieur Gavotte! Bei dem lerne ich mehr, als bei allen übrigen Lehrern zusammengenommen.

Gavotte (verbeugt sich).

Marquis. Monsieur Gavotte ist uns werth, weil er Ihnen angenehm ist, Melanie, und es thut uns leid, die Uebung unterbrechen zu müssen.

Melanie. Oh, Sie können Beide zusehen, oder noch besser, tanzen wir eine Menuet zusammen; ach ja! Pathe Marquis tanzt so graziös; ich bitte! Monsieur Gavotte macht ihm die Dame, Victor tanzt mit mir! Bitte!

Marquis. Muntres Kind, es fehlt an Zeit!

Chevalier. Weißt Du denn nicht, Melanie, was in nächster Stunde bevorsteht?

Melanie. Meine Verlobung! Lieber Gott, das hindert uns doch nicht, jetzt eine Menuet zu tanzen; 's ist ja noch Niemand da, und es geschieht drüben im großen Salon; ich habe nichts dabei zu thun, als meinen Namen zu unterschreiben; meine Tanzstunde unterbreche ich deshalb nicht!

Marquis. Charmant!

Chevalier. Aber, liebe Melanie, weißt Du denn nicht, daß diese Unterschrift über Dein ganzes Leben entscheidet?

Melanie. Nun, ich werde künftig im Hôtel Didier wohnen, statt hier, Du wirst mich dort besuchen, und mit mir lachen und tanzen, statt hier, und ich werde am Arm des schönen Prosper — schöner ist er als Du, Victor, das kannst Du nicht läugnen! — in der Gesellschaft erscheinen, statt wie bisher am Arme meines vortrefflichen Herrn Pathen. (Pause.)

Marquis (zum Chevalier). Das sind schlechte Aussichten, Victor!

Chevalier. Sagen Sie: gar keine! Und ich will lieber heut' als morgen zur Armee abgehen.

Melanie. Du willst fort, Victor? Nicht doch!

Marquis (zu Gavotte). Erwarten Sie die weitern Befehle des Fräuleins im Vorzimmer, Monsieur Gavotte.

(Gavotte verbeugt sich und geht ab.)

Dritte Scene.

Die Vorigen, ohne Gavotte.

Marquis (dem Chevalier einen Wink gebend, nimmt Melanie an der Hand, führt sie zum Sofa und setzt sich zu ihr).

Chevalier (holt sich einen Sessel dazu).

Melanie. Ihr seid so feierlich?

Marquis. Schelten Sie, Melanie, und dann ver-

geben Sie! Sie wissen, daß ich Sie liebe, als ob Sie
meine Tochter wären! Sie wissen, daß Alles, was ich besitze,
Ihnen zu Gebote steht. Ich bin reich), Sie brauchen also
bei Ihrer Verheirathung gar keine Rücksicht darauf zu
nehmen, ob Ihr Gemahl Vermögen besitzt oder nicht. Da=
für sind meine Güter da. Es sind Ihre Güter und des
Mannes, den Sie wählen. Ich will nichts auf der Welt,
als daß Sie glücklich seien — übereilen Sie also die Ver=
bindung mit Herrn von Didier nicht. Ich sage dies nicht
darum, weil mir diese Partie nicht gefällt! Nein, nicht
darum! Was Ihnen wohlgefällig und wohlthätig ist, das
gefällt auch mir — das wird mir gefallen. Ich sag' es,
liebe Melanie, weil Sie jung und der Welt unkundig sind.
Sie kennen den jungen Didier noch sehr wenig —

Melanie. Wer hat mir denn aber immer gesagt,
daß dies gar nicht nöthig sei? Daß jede Ehe auf ein
Würfelspiel hinauskomme? Man solle werfen, wenn man
sich lustig und guter Dinge fühle für ein Wagniß. Wer
hat mir, wie oft! so gesprochen?

Marquis (lächelnd). Ich wol? Das klingt mir ganz
ähnlich. Ich ernte meine Saatkörner!

Melanie (seine Hand ergreifend). Seien Sie mir nicht
böse, lieber Pathe, ich möchte Ihnen gern Freude machen!

Marquis. Die machen Sie mir stets, und wenn
Sie mir einen Wunsch opferten, so wäre mir's ein Leid.
Sagen Sie mir also nach reiflicher Ueberlegung: Gefällt
Ihnen Herr Prosper von Didier? Ist es Ihr fester Wunsch,
ihn zu heirathen?

Melanie. Ja, lieber Pathe!

Chevalier (steht seufzend auf).

Marquis (ihn haltend). Noch einen Augenblick,
Chevalier! — Eine Frage noch, Melanie! Darf Ihr in=
timster Jugendfreund, mein junger Freund, den ich auf=
erzogen, den ich nach Ihnen am Meisten liebe, darf Victor
sich jetzt auf lange Zeit, vielleicht für immer bei Ihnen

beurlauben? Entbinden Sie ihn von der Theilnahme an
den Festen, welche diesem Hause jetzt bevorstehen?

Melanie (auffpringend und Victors Hand ergreifend). Nicht
doch, lieber Victor, Du gehst nicht! Jetzt noch nicht! Bist
Du mir denn nicht mehr gut?

Chevalier. Melanie, Du bist grausam! Du weißt,
wie ich Dich liebe! Ich habe Niemand auf der weiten
Welt, als den Herrn Marquis und Dich! Ich habe nicht
Eltern, noch Geschwister! Du bist meine Schwester, meine
Geliebte, mein Alles! Dich verliere ich, und Du könntest
verlangen, daß ich zusähe, wie die einzige Hoffnung meines
Lebens für immer vernichtet würde!

Marquis (schmerzlich seufzend). Ach ja wohl!

Melanie. Das ist nicht recht so! Ich verstehe Dich
nicht, Victor! Warum verlörst Du mich denn? Wir können
uns doch nicht heirathen! Wir haben ja keinen Respect
vor einander! Wir sind ja mit einander aufgewachsen!
Unsre Liebe zu einander ist ja nicht die, um derentwillen
man sich heirathet! — Victor, geh' nicht! Ich langweilte
mich zu Tode, wenn Du nicht mehr da wärest! Hörst Du?

Vierte Scene.

Die Baronin und der Abbé (treten im Gespräch ein) —
die Vorigen.

Abbé (in der Thür auf Gavotte deutend). Es sind dies die
leibhaftigen Kinder des Satans!

Marquis (auffpringend und der Baronin entgegen eilend). Ah,
die Frau Baronin! (ihr die Hand küssend.)

Baronin. Bon jour, Marquis! Bon jour,
Chevalier! (Melanie küßt ihr die Hand.) Gott segne Dich, mein
Kind, zum heutigen Tage! Der Herr Abbé, unser Gewissens=
rath, tadelt es mit Recht, daß auch an solchem Tage ein
Lehrer leichtsinniger Künste bei Dir zu betreffen ist!

Marquis (die Baronin zum Sofa führend). Kann der Herr Abbé tanzen?

Abbé. Daß mich der Himmel bewahre!

Baronin. 's gab eine Zeit, da diese Kunst eine heilige war; da man der Gottheit zu Ehren um die Altäre tanzte!

Abbé. Die Zeit der heidnischen Gräuel, welche, Gott sei Dank! vernichtet sind.

Marquis. Ich bin darin noch ein Heide, und habe in Frankreich viele Tausend Genossen!

{ **Abbé.** Gott sei's geklagt!

{ **Baronin.** Aber, Marquis! Sie wissen, wie weh Sie mir mit solchen Reden thun!

Marquis (ihr die Hand küssend und leise zu ihr sagend). Sie wissen, wie sehr ich diese Frömmler hasse, Wölfe in Schafs= kleidern; wie sehr ich beklage, daß Sie sich ihnen hin= geben! (laut) Man giebt heute Molière's Tartuffe im Theater! Darf ich Ihnen, Herr Abbé von der Sauce, einen Platz in meiner Loge anbieten? Das Stück wird Sie interessiren.

Abbé. Ich will in meiner Kammer beten für den verworfenen Molière und für die Schule des Aergernisses, welche man Theater nennt.

Marquis. Ich wünsche Ihnen viel Vergnügen. Ah, da kommen die erwarteten Herrschaften!

Fünfte Scene.

Baron v. Gérard — Herr v. Didier — Prosper v. Didier — Remy (erscheinen an der offengehaltenen Thür). Die Vorigen.

(Der Abbé tritt eiligst in den Vordergrund. — Chevalier tritt ebenfalls zur Seite; Melanie spricht leise zu ihm.)

Baronin (eiligst und leise zum Marquis). Haben Sie mir die Briefe mitgebracht?

Marquis. Nein, meine Gnädige!

Baronin. Ich bitte Sie dringend darum; die un=
glückliche Vergangenheit ist mit heute geschlossen, und für
diesen Zeitpunkt haben Sie mir die Rückgabe zugesagt!
(Unterdessen sind die Eintretenden dem Sofa näher gekommen und verbeugen
sich vor der Baronin, welche mit dem Marquis aufsteht, und ihnen einige
Schritte entgegen tritt. Sobald sie dies thut, spricht der)

Abbé (für sich). Wenn sie hier bleiben, so scheitert
mein Plan; gehen sie hinüber, dann mag' ich's auf meine
eigene Rechnung!
(Prosper wendet sich nach der Begrüßung zu Melanie.)

Baron. Denken Sie, Marquis! Herr von Didier
erzählen mir soeben, daß die Frau Marquise von Pompa=
dour von ihm verlangt habe, diese Heirath seines Sohnes
aufzugeben!

{**Marquis.** Wie das?
{**Baronin.** Mein Gott!

Didier. Ich bin der Frau Baronin sehr verbunden
für diesen Ausdruck der Besorgniß; aber wir leben, Gott
sei Dank! unter dem Schutze der Gesetze! Jene einfluß=
reiche Frau mag sich viel erlauben, in die freien Familien=
rechte edler Häuser reicht ihre Zudringlichkeit nicht.

Baronin. Aber es erschreckt doch! (Den Marquis und
den Baron ansehend.) Was kann sie für Gründe haben?

Marquis (zuckt die Achseln).

Didier. Maitressen=Art, sich in Alles zu mischen;
im Kleinen zu hindern, wenn sie's nicht im Großen durch=
setzen kann. Das Parlament hat erst vergangene Woche
dem Könige dringende Protestationen eingereicht wegen Miß=
brauchs mit lettres de cachet, den sie getrieben. Seit ihr
dies Handwerk gelegt ist, mögen ihr die Finger zucken,
und sie tappt hierhin und dahin!

Abbé (für sich). Gelegentlich auch nach Dir, Schwätzer!

Baronin. Sie glauben also, es habe keine Bedeutung?

Didier. Nicht die geringste! Wir Parlamentsräthe

sind ohnedies in Wehr und Waffen gegen diese ungesetzliche
Dame.

Baron (mit einer Handbewegung auf die Baronin und die linke
Seitenthür). Darf ich bitten, sich nach dem großen Salon
zu verfügen, damit wir dort den wichtigen Act vollziehen!

(Didier reicht der Baronin den Arm, der Baron dem Marquis.)

Baron (schon in der Thür). Ich denke, die Jugend wird
nicht warten lassen!

Prosper. Ganz gewiß nicht, Herr Baron!

(Baronin — Herr von Didier — Marquis — Baron — Remy ab.)

Sechste Scene.

Prosper — Chevalier — Abbé — Melanie.

(Der Abbé zieht sich während des Folgenden unmerklich hinter den Kaminschirm
zurück.)

Prosper (Melanie den Arm bietend). Darf ich bitten,
mein verehrtestes Fräulein, bald meine schönste Braut?

Melanie. Nein, nein, Herr von Didier! Gehn
Sie voraus! Wenn man auf die Braut wartet, so wird
ihr das Haus unterthänig, und Sie sollen mir nicht um=
sonst gesagt haben, daß man auf unsrer Hochzeit einen
Auvergnaten tanzen will!

(Der Abbé entfernt sich unbemerkt, kommt nach einer Minute eben so zurück,
und tritt hinter den Schirm.)

Prosper. Wie denn?

Melanie. Bitte, gehn Sie voraus! Sie finden sonst
den Weg nicht, der Corridor ist lang und hat Seitengänge;
bitte, bitte! Haben Sie denn meinen allerliebsten Gavotte
nicht im Vorzimmer stehen sehen? Nun, Sie haben uns
mitten in Einübung des Auvergnaten unterbrochen, die letzte
Tour fehlt noch, und ich bin gerade bei Tanzlaune, in
fünf Minuten bin ich bei Ihnen; bitte, bitte!

Prosper. Gnädiges Fräulein haben zu befehlen;

aber es wird mir eine große Freude sein, die letzte Tour
hier abzuwarten!

Melanie. Lieber Gott, machen Sie mich ungeduldig!
Sie sollen mich eben nur vollkommen sehen, nicht als
Schülerin — hab' ich Recht?

Prosper (sich verbeugend). Unübertrefflich! (Geht.)

Chevalier (folgt ihm rasch, und als Jener an der Thür ist,
sagt er halblaut). Herr von Didier! auf ein Wort!

Prosper. Was beliebt?

Chevalier (ihn ganz in den Vordergrund führend und fort=
während halblaut sprechend). Sie sind im Begriff, ein Unglück
anzurichten!

Prosper. Was?

Chevalier. Sie wollen Melanie heirathen, und
Melanie liebt Sie nicht!

Prosper. Was fällt Ihnen ein, mein Herr!

Chevalier. Melanie liebt Sie noch nicht, wird Sie
vielleicht nie lieben; beeilen Sie die Verbindung um Gottes=
willen nicht! Ich kenne Melanie, ich bin mit ihr auf=
erzogen, sie ist rasch, wie der Wechsel des Windes; eine
voreilige Verbindung kann Ihr beiderseitiges Lebensunglück
werden.

Prosper. Ich danke für einen Rath, den ich nicht
erbeten und den ich nicht nöthig habe. Ich denke mich so
gut auf Mädchenherzen zu verstehen, wie Sie, Herr Chevalier,
und begreife auch Ihren Widerwillen gegen Melanies
Neigung für mich vollkommen. Ich empfehle mich Ihnen!

Chevalier. Steht Ihnen nicht so viel Uneigen=
nützigkeit zu Gebote, daß Sie —

Prosper. Wer sind Sie, mein Herr, sich solche
Ausdrücke zu erlauben? Ihre Herkunft ist mir und der
Welt unbekannt, und ich kann nichts mit Ihnen zu schaffen
haben. Daß Ihnen erlaubt worden ist, mit meiner Braut
aufzuwachsen, sollte Sie zu Dank verpflichten, nicht aber zu
Anmaßung verleiten!

Chevalier. Oh, Melanie in solche Hände! Ich bin

Offizier des Königs, mein Herr, und würde Ihnen als solcher eine anständigere Rede abnöthigen, wären Sie nicht Melanies Bräutigam!

Prosper (abgehend). Ich finde es begreiflich, daß Sie schlechter Laune sind! (Ab.)

Siebente Scene.

Chevalier — Melanie — Abbé.

(Chevalier steht unbeweglich. — Melanie hat aus dem Hintergrunde zugesehn. — Abbé hält sich regungslos hinter dem Schirme.)

Melanie (zum Chevalier eilend). Was habt Ihr mit einander? Was soll das heißen? Du bist garstig gegen meinen Bräutigam, Victor! — Komm her! zur Strafe sollst Du jetzt den Auvergnaten mit mir tanzen!

Chevalier. Harmloses Kind, möchtest Du so spielend in Dein Glück eilen! Dieser junge Didier erfreut Dein Herz?

Melanie. Ist er nicht schön? Ist er nicht elegant? Der eleganteste junge Mann in Versailles und Paris! Und er tanzt, er tanzt wie ein Engel, viel, viel besser als Du!

Chevalier. Das glaub' ich gern. Nun, gieb mir noch einmal die Hand, Melanie, sieh mir noch einmal ins Auge — und lebe wohl!

Melanie. Du willst nicht?

Chevalier (küßt ihr die Hand). Werde glücklich! Auf der weiten Welt ist kein Mensch, der es so innig wünscht, wie ich! Werde glücklich, meine liebe Melanie!

(Er stürzt eilig fort.)

Melanie (sieht ihm eine Weile nach und trocknet sich die Augen). Armer Victor, daß Du so traurig bist! Ich kann aber doch nur einen heirathen!

(Sie geht eilig hinaus und man hört sie rufen: „Gavotte!")

Achte Scene.

Abbé allein.

Abbé (tritt hinter dem Schirme hervor). Zauberhaftes Mädchen! Ewig verdammt sein, was ist's, wenn man Dich besessen hat! Rasch! Es geht Alles erwünscht. Die da drüben schließ' ich ein, und Portier wie Diener halten mir vorne Schildwacht. (Nach der Thür links gehend.) Ich vergebe die Ewigkeit und Ihr, vornehme Frevler, vergebt Grob= heiten an die Diener — wem dienen sie? (Ab durch die Thür links; man hört, daß er sie hinter sich verriegelt.)

Neunte Scene.

Melanie — Gavotte.

Melanie (herein sehend). Sie irren sich, Gavotte! (hereintretend, jene folgt) Sehen Sie, er ist nicht hier!

Gavotte. Dann ist er mit hinüber, denn vorn hinaus ist er nicht wieder, er sprach nur einen Augenblick mit dem Bedienten und trat wieder in den Salon.

Melanie. Kann sein, ich hab' nicht Acht auf ihn gegeben — was kümmert er uns! Also frisch, spielen Sie!

Gavotte. Es fährt mir stets in alle Glieder, wenn ich ihn sehe! (Nach der Mittelthür zurückblickend.) Da ist er!

Zehnte Scene.

Abbé (tritt durch die Thür im Hintergrunde) — die Vorigen.

Abbé. Diener des Satans, weiche von hinnen!

Melanie. Was fällt Ihnen ein, Herr Abbé! Was kümmert Sie mein' Tanzlehrer!

Abbé. Ihr Sündenlehrer! Mein Gewissen befiehlt mir, und Ihre Frau Mutter beauftragt mich, das Haus von solchem Unrath zu reinigen.

Gavotte (der an Händen und Füßen zittert). Monsieur l'Abbé.

Melanie. Ihr Gewissen ist nicht mein Gewissen und meine Mutter schickt mir Ihre Befehle nicht durch fremde Leute! Spielen Sie, Gavotte!

Gavotte (fängt an zu geigen).

Abbé. Weiche von hinnen, Gaukler, oder ich lasse Dich durch die Diener des Hauses hinauswerfen!

Melanie. Herr Abbé, was erlauben Sie sich? Ich befehle Ihnen, sich auf der Stelle zu entfernen, oder ich rufe die Meinigen zu Hülfe!

Gavotte. Gestatten Sie, gnädiges Fräulein, daß ich mich entferne, es ist meines Amtes, höflich zu sein, nicht aber, Unfrieden zu stiften. (Ab.)

Elfte Scene.

Melanie — Abbé.

Melanie (eilt, während Gavotte abgeht, nach der linken Seitenthür, und sagt im Gehen). Mein Pathe soll Ihnen die Wege weisen!

Abbé. Wenn die Wege nur offen sind!

Melanie. Was ist das? Verschlossen?

(Sie wendet sich rasch nach der Mittelthür.)

Abbé (an der Mittelthür stehend). Halt! wir müssen uns noch einen Augenblick gedulden, bis der Tanzmeister das Haus verlassen hat; alsdann wird uns Eile förderlich sein.

Melanie. Was geht hier vor? Was wollen Sie?

(Sie eilt nach dem Tische, auf welchem eine Klingel steht, und klingelt.) Ich rufe nach Hülfe!

Abbé. Schellen Sie, rufen Sie, das ist umsonst!

Die Gesellschaft drüben ist durch die Corridorthür von uns und vom Vorsaale abgeschlossen, sie erreicht nicht einmal diese verschlossene Thür! Die Diener schlafen, wie's ihnen befohlen ist; Sie sind in meiner Gewalt, Melanie, nehmen Sie Ihren Mantel, hier liegt er, und folgen Sie mir, ich führe Sie zu Ihrem Glück!

Melanie. Mein Gott! Mein Gott! — Wohin soll ich Ihnen folgen?

Abbé. Hinweg aus dieser verderbten Welt! Was suchen Sie, was finden Sie hier? Eine Heirath, welche durch und durch nichtig ist. Dieser Prosper ist ein Geck, der Sie bald anwidern wird. Er heirathet Sie nicht blos, weil Sie schön tanzen, sondern weil Ihr Vater reich ist. Kommen Sie, Melanie, ich führe Sie an ein Herz, das Sie uneigennützig liebt!

Melanie (für sich). Himmel, geht es von Victor aus? (laut) Herr Abbé, wie soll ich Ihnen meine Verwunderung ausdrücken, daß ich Sie, den Bußprediger, auf solchen weltlichen, ja gewaltsamen Wegen finde!

Abbé (geht rasch zu ihr und ergreift die Hand der Zitternden). Das wird sich Ihnen Alles zu Ihrer Zufriedenheit auf= klären! Wüßten Sie, welch ein Reiz von Ihnen ausgeht, das Aergste würde Sie nicht befremden. Aber eilen wir, die Zeit ist kostbar, der Wagen harrt an der Thür, es ist für Alles gesorgt, in 24 Stunden sind wir in Havre und auf der offnen See!

Melanie. Und warum kommt er nicht selbst? Warum sendet er Sie?

Abbé. Wer?

(Pause.)

Melanie (aufschreiend). Gerechter Gott! Diese Blicke! — Sie selbst?

(Sie schellt von Neuem.)

Abbé. Wer sonst als ich! Ich, Mädchen, liebe Dich bis zum Wahnsinn, ich setze mein zeitlich und ewig Glück ein, Dich zu besitzen, und ich werd's vollenden für

mich), was ich für Andere begann. Laſſen Sie den
Lärm, der nichts hilft, und folgen Sie mir auf der
Stelle, oder ich laſſe Sie binden und knebeln! (Er ergreift
ihre Hand.) Fort!

Melanie. Hinweg, abſcheulicher Gleißner, der
unter der Frömmigkeits = Maske den ärgſten Böſewicht
verbirgt!

Abbé. Melanie, unerfahrenes Mädchen, richte nicht
voreilig! Das Leben iſt ſchwieriger, als Deine Seele
ahnt, und Du wirſt mich gerechtfertigt ſehn. Aber jetzt iſt
keine Zeit dazu! Nimm Deinen Mantel! (Er bringt ihn.)
Nimm dieſe Maske! (er zieht eine aus ſeinem Kleide) und folge
mir ſchweigend! (Nach der Thür gehend.) Zögerſt Du noch eine
Minute, ſo ruf' ich meine Helfershelfer, und Du verfällſt
brutaler Gewalt!

Melanie (für ſich). Entſetzlich! Gott ſtärke mich zu
Mitteln der Verzögerung! (laut) Keine Gewalt der Erde
bringt mich hinweg! Rechtfertigen Sie mir aber Ihr un=
erklärlich Betragen, ſo folge ich Ihnen von ſelbſt, zeigen
Sie mir, daß Sie nicht ein gleißneriſcher Böſewicht ſind!
So lange ich Sie dafür halte, werd' ich eher ſterben als
Ihnen folgen.

Abbé (kommt wieder eiligſt von der Thür zu ihr, ſehr ſchnell
ſprechend). Vertrauen Sie mir, Melanie, ich bin kein Böſe=
wicht, ich bin unglücklich, wie die Mehrzahl der jetzigen
Franzoſen, ich gehe verdeckte Wege, um mich aus dieſer
bodenlos gewordenen Welt Frankreichs zu retten, ich bin
unglücklich über alle Maßen, und nur an Sie allein
klammert ſich mein Herz und meine Hoffnung, Sie allein
können mich retten! Rein und gläubig, wenn auch ehrgeizig,
kam ich nach Paris. Und was fand ich? Witz und Spott,
Hohn und Verachtung für alles Das, was mir heilig war.
Was ſah ich rings umher? Uebermuth und Leichtſinn der
Reichen, welche die Armen verachteten und mißhandelten.
Arm war ich ſelbſt: der Inſtinkt trieb mich alſo, zu er=
werben und zuſammenzuraffen; ich diente der Welt, ich

sah in alle Falten ihrer Heimlichkeit, ich wurde abgestumpft
gegen das Böse, weil ich nichts sah, als Leichtsinn, ich
klammerte mich um so fester an die Formen der Frömmig=
keit, um doch einen einzigen Halt zu haben. So haben
Sie mich gesehn: die Ruhe der Kirche lag auf meinem
Aeußeren, der wildeste Sturm tobte in meinem Innern.
Seit Jahren trachte ich, hinwegzukommen aus dieser fran=
zösischen Welt, die eines Tages ins Chaos zusammenstürzen
wird; denn kein Band ist hier mehr fest, kein Verhältniß
mehr heilig, das schöne Frankreich ist ein Rokoko geworden,
wie die Pompadour es spöttisch nennt, ein Durcheinander,
dem die Sündfluth an der Ferse steht. Ich habe mir in
Amerika ein Asyl vorbereitet, ich bin reich, ich bin tüchtig,
und an Deiner Hand, Melanie, denk' ich brav zu werden.
Meine Liebe zu Dir ist das einzige Gut, das ich noch
habe, reich' mir Deine Hand, reich' sie mir schnell, rette
mich, rette Dich! (Er fällt ihr zu Füßen und ergreift von Neuem
ihre Hand.)

(Kurze Pause.)

Melanie. Aber was soll aus den Meinigen werden,
die mich lieben! aus meiner guten Mutter, aus dem Mar=
quis, aus Victor! Warum nehmen wir sie nicht mit, wenn
Frankreich am Rande des Abgrunds steht?

Abbé (aufspringend). Die Deinigen gehören mitten hinein
in das verdorbene Frankreich! Was Dich umgeben und
hervorgebracht hat, eh' Du geboren wurdest, was Dich
umgiebt, seit Du lebst, es ist Alles eitel Lug und Trug
und Flitter und Sünde, und noch am heutigen Tage hätte
ich dies ganze Geschlecht in Noth und Schande gestürzt,
wäre mir nicht die Gelegenheit gekommen, Dich von hinnen
zu führen. Hier in meiner Tasche liegen die schreienden
Zeugnisse, daß sie alle Heuchler und Betrüger sind. Der
sich Deinen Vater nennt, ist ein herzloser Krämer, der nicht
sein Weib, nicht Dich, noch sonst etwas liebt, als das Gold
und die eitle Pracht, welche feil ist um Gold. Deine
Mutter hat gesündigt, seit Du lebst, und betrügt Gott

durch eine halbe Buße, durch eine halbe, denn sie verbirgt
sorgfältig, daß sie gesündigt hat. Der Marquis ist ein
Wüstling, in seinem eigenen Hause verhaßt bis zum Mor=
den — das ist die Sippschaft, welche Dir leid thut!
Drum folge mir, willst Du?

Melanie. Lassen Sie mir nur Zeit zur Ueber=
legung!

Abbé. Die haben wir nicht! Vorwärts! (Er faßt sie
an der Hand und zieht sie nach der Thür.) Vorwärts! ich ver=
schwende Zeit und Worte an einem thörichten Kinde! (die
Thür aufstoßend) Daniel, komm herbei!

Melanie. Zu Hülfe, zu Hülfe!

Abbé. Du schreist für mich! Daniel!
(Man hört hinten die Stimme des Marquis:)

„Nichtswürdiger Schlingel, die Ohren reiß' ich Dir ab,
da Du sie nicht gebrauchst, um zu hören!"
(Man sieht durch die halbgeöffnete Thür, daß der Marquis einen Diener an
den Ohren herbeizieht und daß die Baronin, die darauf zuerst eintritt, ihn zu
beschwichtigen sucht.)

Abbé. Tod und Verdammniß!

Melanie. Gelobt sei Gott!

Abbé (zerrt sie eiligst zurück in den Vordergrund und sagt, sie
loslassend). Es ist Ihrer Mutter Tod, wenn Sie ein Wort
verrathen!

Zwölfte Scene.

Die Baronin — bald darauf der Marquis — die
Vorigen.

Melanie. Mutter! (Stürzt der Baronin entgegen.)

Baronin (eintretend, ruft rückwärts). Ich beschwöre Sie,
Marquis, mäßigen Sie sich!

Abbé (wirft den Mantel auf einen Stuhl, steckt die Larve
zu sich und — das Gesicht gegen das Publicum — sucht sich zu
sammeln).

Baronin (die Thür hinter sich schließend). Aber Kind, wo bleibst Du denn? Alles wartet umsonst auf Dich! Und ist der thörichte Scherz von Dir, uns einzuschließen? Was ist Dir? In welchem Zustande bist Du?

Melanie (ihr Gesicht an die Mutter drückend). Hinweg, Mutter! Verbanne diesen schrecklichen Menschen für immer aus unserm Hause!

Baronin. Was soll das heißen? Reden Sie, Abbé! —

Abbé. Wenn ich reden wollte, so müßt' ich reden, wie der Donner, und würde doch nicht gehört.

Melanie. Unverschämter, hinweg!

Baronin. Aber Melanie, was erlaubst Du Dir!

Abbé. Jahrelang eifre ich gegen die Frivolitäten der Zeit in diesem Hause, und heute, an einem hochwichtigen Tage für das einzige Kind des Hauses, an einem Tage, der zu strenger Sammlung auffordert, was finde ich? Ein Meister sinnlicher Gaukelkünste treibt seine Possen mit diesem Kinde, während über das irdische Schicksal desselben im Nebenzimmer entschieden wird. Wehe über die Mutter, welche meine Lehren in den Wind schlägt, und dergestalt rathlos für ihr Kind geworden ist! Wehe über den Leichtsinn solches Kindes, wehe über das ganze Haus, an dessen Schwelle ich für immer den Staub von meinen Füßen schüttle! (Er will immer zur Thür hinaus, hört aber fortwährend den Lärm des Marquis.)

Melanie. Er lügt, Mutter, das ist es nicht!

Baronin. Schweige, Kind, wenn Du nur solche unehrerbietige Worte hast, Du warst immer rücksichtslos gegen diesen würdigen Mann. Sie aber, Herr Abbé, bitt' ich um Rechenschaft über so heftige Ausbrüche — hier ist etwas Ungewöhnliches vorgegangen, erklären Sie mir es rasch, sonst muß ich die Männer zum Beistande rufen.

Abbé. Welch eine Sprache! Soll ich enthüllen, was Alles Sündhaftes in diesem Hause vorgegangen von An-

beginn dieses Kindes? Soll ich die Männer zu Schieds=
richtern aufrufen?

Baronin. Um Gotteswillen, Abbé, was ist Ihnen
gescheh'n? (Man hört den Fall eines Menschen und erneuten Lärm des
Marquis.) All' ihr Heiligen, der Marquis bringt den Daniel
um! (Sie eilt an die Thür und ruft hinaus:) Aber Marquis von
Brissac, ich beschwöre Sie! (kommt zurück) Eilen Sie zu
Hülfe, Abbé!

Abbé. Ich eile hinweg aus dieser Höhle der Leiden=
schaften, um sie nie wieder zu betreten! (Er will eben vorsichtig
zur noch halb offenen Thür hinaus, als der Marquis mit blankem Degen her=
eintritt und ihn auf die Seite rennt.)

Dreizehnte Scene.

Marquis — die Vorigen.

Marquis (zum Abbé). Das wird uns sehr angenehm
sein!

Baronin. Aber Marquis!

Melanie (schnell). Strafen Sie ihn, Pathe, strafen
Sie ihn!

Marquis. Ich habe Sie stark in Verdacht, frommer
Herr, daß Sie mit der Dienerschaft unter einer Decke
spielen und uns eingeschlossen haben!

Melanie. Sie haben Recht, Pathe, er ist ein
Bösewicht!

Baronin. Schweig, Melanie! (Leise zum Marquis:)
Um Gotteswillen halten Sie ein, er weiß um Alles!

Marquis. Pardien!

Abbé. Der Blitz des Himmels wird nicht zögern,
auf Euch herabzufahren! (Ab.)

Vierzehnte Scene.

Die Vorigen, ohne den Abbé — bald darauf der
Baron — Didier — Prosper — Remy.

Baronin. Was haben Sie angerichtet! Mein Gott!
Mein Gott!

Marquis (den Degen einsteckend). Ich hätte dem Daniel
die Ohren abgeschnitten, wären Sie ihm nicht zu Hülfe
gekommen!

Baronin. Ihre Leidenschaftlichkeit stürzt uns ins
Verderben!

Marquis. Sie hat doch eben eine Thür gesprengt,
hinter der wir verhungern konnten. — (Baron — Didier
— Prosper — Remy treten ein.) Sie werden mir Ihre
Dienerschaft auf vier Wochen in die Kur geben müssen,
Baron!

Baron (lachend). Ich habe den Leuten zur Feier des
Tages zu viel Wein gegeben, und im Rausch haben sie eine
falsche Thür verschlossen — dafür sollen sie morgen fasten!

Didier. Ja, man kann das Pack nicht streng genug
halten.

Prosper. Vielleicht ist's auch ein Scherz des Herrn
Chevalier gewesen!

Marquis. Warum nicht gar, mein Herr!

Baron. Nun, lieber Remy, meine Tochter kann ja
eben so gut hier unterschreiben!

Remy (verbeugt sich, und bietet Melanie, welche noch immer in
großer Agitation ist, den Contract, sie zum Tische führend. Er zeigt ihr den
Ort, an welchen sie ihren Namen setzen soll). Hier, gnädiges Fräulein! ist Ihr Name zu unterschreiben.

Melanie. Mein Name? — (Pause. Sie unterschreibt
und tritt einen Schritt zurück.)

Remy. Die Verlobung zwischen Herrn Prosper von
Didier und Fräulein Melanie, Baronesse von Gérard, ist
somit vollgültig vollzogen.

Melanie (schwankt und droht in Ohnmacht zu fallen, der Marquis fängt sie in seinen Armen auf).

{ Baron. Was ist dem Mädchen!
{ Didier. Was ist vorgegangen?
{ Prosper. Mon Dieu!

Baronin (hinzueilend). Das arme Kind ist von dem Lärm und der Absperrung so erschüttert worden, daß sie sich nicht erholen kann.

Marquis. Sie kommt wieder zu sich!

Baron. Das Mittagsessen wird sie herstellen — die Schlingel sollen mir aber zwei Tage fasten. Darf ich bitten, Herr von Didier (auf die Baronin deutend) — die Verwirrung hat sich nicht bis auf die Küche erstreckt! Ich habe eine neue Sauce erfunden!

(Didier giebt der Baronin den Arm — Prosper bietet ihn Melanie, welche aber den des Marquis nimmt. Sie gehen durch die Mittelthür ab. Der Baron und Remy sind die Letzten. Als diese aus der Thür treten wollen, überreicht ein Diener dem Baron einen Brief. Dieser bleibt stehen und liest't die Aufschrift.)

Fünfzehnte Scene.

Baron — Remy.

Baron. Citissime! — Erlauben Sie einen Augenblick, lieber Remy! (Remy bleibt an der wieder verschlossenen Thür stehen, der Baron, nach dem Vordergrund gehend, sagt:) Ich kenne die Handschrift nicht! (Oeffnet den Brief und liest't; nachdem er gelesen, wendet er sich zurück gegen Remy, welcher langsam näher tritt.) Das ist mir noch nicht vorgekommen, Remy! Wunderliches Zeug! Hören Sie:

„Man ist im Stande, Herr Baron, Ihnen ein wichtiges Geheimniß mitzutheilen, ein Geheimniß, welches Ihre Ruhe, Ihre Ehre und Ihr Vermögen betrifft. Sobald Sie sich bereit erklären, fünfzigtausend Francs zu zahlen, steht Ihnen die Enthüllung des Geheimnisses zu Dienst.

Diese Bereiterklärung mögen Sie durch ein weißes Blatt Papier, welches an Ihre Hausthür genagelt ist, ausdrücken, und auf dieses Blatt können Sie die Stunde des Rendezvous, welche Ihnen für diese Mittheilung gefällig ist, schreiben. Wenn Sie diesen Vorschlag verachten, so haben Sie sich die schrecklichsten Folgen selbst beizumessen."

Was sagen Sie dazu?

Remy. Keine Unterschrift?

Baron. Keine Unterschrift.

Remy. Eine Prellerei!

Baron. Und was für eine merkwürdige Prellerei! Und wie ins Große getrieben: 50,000 Francs! Meine Ruhe, meine Ehre, mein Vermögen, 's ist nichts mehr übrig! (Lachend.)

Remy. Ja, unsre Zeit ist ein unglaublich Quodlibet.

Baron. 50,000 Francs! Die wirft man auch für die Neugierde hinaus! Unverschämtes Volk! Lassen Sie uns essen gehn, Remy — haben Sie Nachrichten aus Lyon von meiner Fabrik? (Gehend.

Remy. Nein, Herr Baron!

Baron. Die Leute sind schreibefaul — (gezwungen lachend) Das wär' ein theures Mittagessen für 50,000 Francs!

(Der Vorhang fällt.)

Dritter Act.

Zimmer, wie im zweiten Act.

Erste Scene.

Baron und Remy (treten ein).

Baron. Ich hoffe, es hat Ihnen besser geschmeckt, als mir, lieber Remy; ich muß Ihnen meine Schwäche gestehen: der verrückte Brief beunruhigt mich. Setzen wir uns! Ein gestörtes Diner ermüdet den Körper, statt ihn zu stärken. Nicht einmal meine neue Sauce hab' ich mit Andacht genossen — Was sagen Sie dazu?

Remy. Ich finde, daß Sie Recht haben!

Baron. Wie? Mit dem Briefe oder mit dem Diner?

Remy. Mit beiden. (Sie setzen sich.)

Baron. Nicht wahr? der Brief ist abscheulich! Ich mag hinsehen, wohin ich will, überall seh' ich mit Fractur=schrift die Worte: „Ein Geheimniß, das Ihre Ruhe, Ihre Ehre und Ihr Vermögen betrifft!" Lassen Sie's auch eine Prellerei sein mit den 50,000 Francs; eine Prellerei ist's gewiß, aber der Preller muß doch etwas in petto haben; er weiß ja doch, daß ihn die Polizei am Kragen faßt für unverschämte Betrügerei, und ich stehe nicht in dem Rufe übertriebener Gutherzigkeit. Hab' ich Recht, Remy?

Remy. Vollkommen Recht.

Baron. Und Sie theilen meine Unruhe?

Remy. Ich theile sie besonders seit einer halben Stunde. Ueber Tische nämlich hab' auch ich einen Brief von derselben Art erhalten!

Baron. 's ist nicht möglich! Zeigen Sie, zeigen Sie!

Remy (einen Brief aus der Tasche nehmend). Und der meine klingt noch vernünftiger, und deshalb noch besorglicher als der Ihre.

Baron (den Brief betrachtend). 's ist eine andre Hand= schrift! Es giebt also noch einen Zweiten, der das Geheim= niß kennt!

Remy. Dem Briefe nach scheint es nicht so.

Baron (lesend). „Ich mache Sie aufmerksam, mein Herr, auf einen Brief, welchen der Herr Baron von Gérard vor Kurzem erhalten hat oder bald erhalten wird. Es ist darin von Enthüllung eines Geheimnisses die Rede. Ich kenne dies Geheimniß zwar nicht, aber ich kenne den Mann, der es dem Herrn Baron mittheilen will. Es ist ein solider, streng rechtlicher Mann, der wenig Umstände zu machen gewohnt ist, und der wahrscheinlich das Geheimniß ohne Weiteres anderswohin verkaufen wird, wenn der Herr Baron zögern sollte, auf das Geschäft einzugehen. Lassen Sie sich durch einen Unparteiischen diese Angelegenheit für Ihren Klienten empfohlen sein; denn so viel ich vermuthe, handelt es sich um Außerordentliches." Auch ohne Unter= schrift! Das klingt kaufmännisch; aber kaufmännisch betrachtet ist die Sache ein Unsinn. Es müßte denn das Geheimniß sein, Gold zu machen!

Remy. Nein.

Baron. Was? Oder ein neuer Webstuhl, eine wunderbare Maschine für meine Lyoner Fabrik.

Remy. Nein, ich glaube, dieser zweite Schreiber — wenn es anders ein zweiter ist — weiß nichts Rechtes davon, oder will sich wenigstens so stellen. Diesem Briefe nach handelt es sich blos um Geld und Geldes= werth —

Baron. Blos? Was giebt's denn Wichtigeres? Für Geld kriegt man Zucker, das heißt: Alles, was süß ist auf Erden.

Remy. Ganz wohl; aber es soll ja nicht blos Ihr Vermögen, sondern auch Ihre Ruhe und Ehre betheiligt sein!

Baron. Wenn ich all mein Vermögen einbüßte, verlöre ich da nicht auch meine Ruhe und Ehre?

Remy. Doch die Ehre nicht!

Baron. Ehre ist Ansehn, ein ruinirter Baron hat kein Ansehn.

Remy. Erinnern Sie sich denn aus Ihrem Leben nicht irgend einer Gelegenheit, irgend eines Verhältnisses, auf welche das Geheimniß Bezug haben könnte?

Baron. Nicht des Mindesten. Ich habe mich auf der See umhergetrieben, bis ich vierzig Jahr alt war und mich verheirathete. Auf dem Schiffe giebt's kein Verhältniß, da giebt's nur Subordination. Und selbst zu meiner Verheirathung bin ich nur ein paar Tage in Versailles gewesen: 's war Alles kurz und einfach.

Remy. Und von dieser ungewöhnlich eiligen Verheirathung könnte sich nicht irgend Etwas herschreiben?

Baron. Ich wüßte nicht wie! 's war Alles nüchtern und klar, wenn auch eigenthümlich genug. Ich war von Brest nach Versailles gekommen, um Avancement nachzusuchen. Es war Zeit, daß ich Capitain wurde. Ich wartete denn und langweilte mich im Vorzimmer; da kommt der Marquis von Rochebonne vom Könige heraus, geht an mir vorüber und fragt mich beiläufig, was ich suche. Ich sag's ihm und frage — wir waren Jugendbekannte — ob er was für mich thun könne. Er besinnt sich einen Augenblick und sagt: sind Sie verheirathet, Baron? — Nichts weniger als das! erwidre ich; Schiffslieutenant, immer unter Segel! — Wollen Sie heirathen? — Wozu? frag' ich. — Um Capitain zu werden. Wenn man dadurch Capitain und sonst nicht genirt wird, sag' ich, soll mir's nicht drauf ankommen. — Im Gegentheil, sagt er, weil Keins das

Andre geniren will, passen Sie. Das Fräulein von
Chateauneuf ist eben aus der Klosterpension gekommen; sie
ist schön und reich und hat mächtige Verwandte; sie ist
aber klostermäßig verzogen und prüde; will stilles, zurück=
gezogenes Leben; will keinen Mann von Welt heirathen;
das ist eine Partie für Sie! Kommen Sie mit, ich will's
zu Stande bringen. Die Chateauneufs besorgen Ihr Patent
in 24 Stunden. Sobald Sie getraut sind, gehen Sie
wieder zur See und überlassen die junge Baronin der
klösterlichen Laune. — Topp, Marquis! Wie gesagt, so
geschehn! In 24 Stunden ist Alles abgemacht, als ver=
heiratheter Capitain empfehl' ich mich am Morgen nach
der Hochzeit meiner Frau auf einige Jahre, und als ich
nach 36 Monaten zum ersten Male wieder in Brest lande,
finde ich Briefe vor, daß mir schon vor mehr denn zwei
Jahren eine Tochter geboren worden sei. Dies war Melanie,
die wir heute verlobt haben. Ich war älter geworden; ich
hatte in Amerika das aufschießende Kaufmannsglück gesehen;
ich hatte Fonds durch meine Frau, und es erwachte in mir
die Lust, Hab' und Gut zu mehren; ich gründete die Fabrik
zu Lyon; ich speculirte, ich reüssirte, und nicht da, noch dort
ist was Geheimnißähnliches zu entdecken!

Remy. Und die Frau Baronin, Fräulein Melanie
betreffend ist nie etwas vorgekommen? —

Baron (auflachend). Die Baronin ist einmal wie's andere
klösterlich und weinerlich gewesen, und Melanie tritt eben
erst in die Welt — von dieser Seite verdient Niemand
50,000 Francs von mir, lieber Remy! Darauf können
Sie sich verlassen! Für Frauenzimmer giebt man Geld aus
zu Putz und Flitter, und sonst nicht einen Sou!

Remy. Und wie ist's mit einer Erbschaft, die ver=
borgen geblieben wäre?

Baron (unter einem schallenden Gelächter). Das könnte nur
eine Erbschaft von Schulden sein; denn meine sämmtliche
Familie war lüderlich!

Remy. Dann stünde aber zu fürchten, daß unser

Geheimniß alte Forderungen an die Familie beträfe, mit
denen unter der Hand ein vortheilhaftes Abkommen mög=
lich wäre —

Baron. Ein vortheilhaftes Abkommen! Was fällt
Ihnen ein! Ein Abkommen, das jedenfalls Geld kostete!
Wie lange kennen Sie mich? Nicht einen Sou würd' ich
für meine Familie bezahlen. — Das wär' ein Geschäft
für 50,000 Francs! Nein, so weit kennen mich auch die
Leute, um mir nicht mit solchen Abgeschmacktheiten zu
kommen. Wer die Vergangenheit und die Verwandtschaft
rein machen will, der macht auch seinen Beutel rein. —
Nein, Remy, wir schweifen unnütz umher; es betrifft eine
Speculation, und die kann leichtlich viele Tausend Francs
werth sein. Ein guter Kaufmann muß jede neue Waare
zu sehen trachten. Können wir denn nicht die guten Brocken
um die Falle her wegholen, ohne in die Falle zu treten?

Remy. Sie wollen also den Geheimnißkrämer sehen?

Baron. Sehen und hören! Er ist übrigens kein
Krämer; (lachend) wer solche Preise macht, ist ein Geheimniß=
kaufmann! — Man sieht, man fragt, man forscht, man
verlangt Andeutungen, man knüpft an, damit es nicht gleich
vor andre Thüren komme; man überlegt, man schlägt Ver=
gleiche vor; kurz, man ist Kaufmann!

Remy. Der Herr Baron sind also der Meinung,
dem Manne die Stunde anzuschreiben?

Baron. Der Meinung bin ich ganz und gar, und
ersuche Sie, dies sogleich zu thun, dort ist Schreibzeug. —

Remy (sich zum Schreiben setzend und die Uhr ziehend). Es ist
jetzt halb Vier — welche Stunde bestimmen Sie zum
Rendezvous?

Baron (ebenfalls auf seine Uhr sehend). Halb Vier durch
— rasch Geschäft, gut Geschäft — um vier Uhr!

Remy. Vier Uhr! Der Herr Baron sind von der
Energie eines Jünglings —

Baron (lächelnd). Im Geschäft, Lieber, im Geschäft,
so kommt man vorwärts! Lassen Sie den Zettel durch

Daniel ankleben, und dann — Sie werden wol nachsehen
wollen, ob zu Hause was passirt sei; ich bitte mir aber
um vier Uhr Ihre Gegenwart wieder aus, es wird einzelne
Conferenzen geben, die machen uns leichter Spiel, nicht wahr?

Remy. Wie Sie befehlen! Also um Vier?

Baron. Um Vier. Daniel wird sich wundern! Und
's ist mir ganz recht, daß der etwas steife Schwiegersohn
und Papa fort sind, die könnten unnütze Glossen machen
über den Anschlag. Wer gewinnen will, darf nicht heikel
sein! Also um Vier.

(Remy durch die Mittelthür ab. Baron nach der linken Seitenthür, die
er noch verschlossen findet.)

Baron. Ah, hier ist noch nicht aufgeriegelt! Das
Zimmer brauch' ich aber dafür —

(Geht nach der hintern Thür.)

Zweite Scene.

Marquis (kommt eilig) — Baron.

Baron. Sieh da, Marquis! Sie noch hier? Mich
dünkt, ich habe Sie fortgehn sehn!

Marquis. Ich habe was vergessen. —

Baron. Die Baronin ist drüben! Sie entschuldigen
mich, Marquis, ich bin in Geschäften — (ruft zur Thür
hinaus:) Daniel! riegle die Thür zum Corridorzimmer auf!
(im Zurückgehn nach der linken Thür an dem unruhig umhergehenden Marquis
vorüberkommend) Sind Sie nicht wohl, Marquis? Sie bewegen
sich ja ungewöhnlich viel!

Marquis. Ich habe zu viel gegessen, besonders von
Ihrer Sauce!

Baron. Nehmen Sie einen Liqueur! — à propos,
Herr von Didier sagte mir bei Tisch, in Trianon sei
wieder ein Platz offen, haben Sie keine Ihrer Tänzerinnen
zu empfehlen?

Marquis. Was ich empfehle, behalt' ich selbst. Wissen Sie aber, wer schon empfohlen ist? Auf wen die Frau Marquise von Pompadour ein Auge geworfen hat?

Baron. Nur ein Auge, und vor das eine Auge haben wir heute durch die Verlobung eine Gardine gezogen.

Marquis. Diese Frau da oben macht gar keinen Unterschied mehr!

Baron. Seit wann sind Sie denn in diesem Punkte so empfindlich?

Marquis. Verwundert Sie das, wenn von Melanie die Rede ist?

Baron. Wir wollen die Hochzeit in den nächsten Tagen ausrichten! Ist das Mädchen erst eine gemachte Dame, dann kann sie das erregte Wohlgefallen benutzen, ohne sich preis zu geben. —

Marquis. Was?

Baron. Sie kann kokettiren! Das giebt einen unschätz= baren Einfluß, unter welchem sich für ein paar Millionen Domainen pachten lassen! Ist denn die Pompadour erblich auf ihrem Platze? — Aber Marquis, Sie sehen wirklich sehr grimmig aus; Sie haben eine Indigestion!

Marquis. Die hab' ich!

Baron (auf die linke Thür zugehend). Gehen Sie zu den Damen hinüber, trinken Sie noch eine Tasse Kaffee! Noch= mals pardon, daß ich Sie verlasse! (Ab in die linke Thür.)

Dritte Scene.

Marquis (allein).

Marquis (dem Baron nachsehend). Krämer! Ich glaube wahrhaftig, der machte sich nicht viel daraus, wenn die ent= wendeten Briefe in seine Hände fielen! Aber die Baronin! Pardieu, das wird eine Scene geben! Und ich kann's ihr nicht bergen. — Daß dich die Pest, Canaille von Bedienten! Denn kein andrer Mensch hat dazu gekommt!

(Man hört außen die Baronin fragen:)

„Ist der Herr Marquis noch nicht zurück?"

Marquis. Da ist sie schon! Sie hat ein Vorgefühl
für Unheil! Courage! Rasch heraus mit dem Unglück! Ein
rasches Wetter geht rasch vorüber!

(Er eilt nach der Thür, durch welche die B a r o n i n eintritt.)

Vierte Scene.

M a r q u i s — B a r o n i n.

B a r o n i n. Aber Marquis, Sie wissen, wie ängstlich
ich Ihrer harre, und treten hier in den Salon, statt in
mein Zimmer — was hat das zu bedeuten? Haben Sie
die Briefe?

M a r q u i s. Sie haben mich so gedrängt, daß ich
schlecht gesucht habe —

B a r o n i n. All' Ihr Heiligen! sie sind fort!?

M a r q u i s. Nicht doch, ich muß sie verlegt haben,
lassen Sie mir nur Zeit bis morgen früh!

B a r o n i n. Ach ich unglückliche Frau (in Thränen aus-
brechend) — ich unglückliche Frau! (Sie wirft sich auf's Sofa.)

M a r q u i s. Aber, meine Gnädige, Sie legen zu
großen Werth darauf! Wer kann ein Interesse haben, die
Briefe zu nehmen! Wem können sie nützen!

B a r o n i n. O mein Gott! mein Gott! Umsonst
lässest du mich beten und büßen ein Lebenlang; du ver-
giebst mir nicht — wem sie nützen können?! Ist's nicht
genug, daß sie mich verderben? Können sie nicht Tiriers
hinterbracht werden, die Heirath zu sprengen, die Ehre
dieses Hauses zu vernichten — o welch ein Abgrund! O
warum ließ ich sie Ihnen auch so lange, da ich Ihren
Leichtsinn immer kannte; warum gestattete ich sie Ihnen
bis zum Tage der Verlobung!

Marquis. Bereuen Sie nicht ein Zugeständniß, das mich so lange glücklich gemacht hat!

Baronin. An der Sünde haben Sie sich gelabt! Die Sünde aufgezogen, bis sie uns verschlingt!

Marquis. Ihre übertriebenen Vorstellungen von Sünde — erlauben Sie mir, dies an so unpassender Stelle zu sagen — haben ganz gewiß das Leid zuwege gebracht! Welcher Mensch auf der Welt konnte die Existenz dieser Briefe und die Wichtigkeit derselben für uns ahnen, wenn Sie nicht in Ihrer frommen Schwäche einem Manne davon verrathen hätten, den Sie Ihren Gewissensrath nennen, und der ganz gewiß ein Schurke ist!

Baronin. Lästern Sie nicht einen frommen Mann!

Marquis. Fromm! Wär' er das! Gott weiß, ich bin es nicht, aber ich beuge mich tief davor. Ein Frömmler ist er! Sind die Briefe wirklich fort, so hat er ganz gewiß die Hand im Spiele. Warum verschließen Sie denn Melanie den Mund über das, was heute vor Tische hier vorgegangen ist mit dem Abbé! Vielleicht steht's in irgend einem Zusammenhange damit; denn eine bloße Kapuziner= predigt setzt das Kind nicht so außer sich. Erlauben Sie, daß ich sie ausfrage —

Baronin. Nimmermehr! Ziehen Sie auch noch das harmlose Mädchen mit in unser Wirrsal! Allerdings scheint sie der Abbé entsetzt zu haben, hoffentlich zu ihrem Heil entsetzt zu haben, daß er ihr Andeutungen gegeben hat über die Sündhaftigkeit der Ihrigen —

Marquis. 's ist ein abscheulicher Kerl!

Fünfte Scene.

Melanie (eiligst). — die Vorigen.

Melanie. Liebe Mama!

Baronin. Mein Gott, was ist?

Melanie. Ach, der Pathe! — Liebe Mama — ich bleibe nicht mehr allein!

Baronin. Ach, Du bist thöricht!

Marquis. Warum denn nicht, liebe Melanie?

Melanie. Ich fürchte mich! — Ueberall seh' ich die erschrecklichen Augen dieses Mannes!

Marquis. Welches Mannes?

Melanie. Des Abbés! Ja, es geht so weit, daß mir seit jenem Augenblicke außer Ihnen, Pathe, und Victor alle Männer erschrecklich sind!

Marquis. Der Bräutigam auch?

Melanie. Auch.

Baronin. Deine Nerven sind aufgeregt, das giebt sich wieder.

Melanie. Mama! es überfällt mich ein Schauer, wenn ich nur denke, daß ein Mann meine Hand berühren sollte!

Marquis. Aber in ein paar Tagen soll Ihre Hochzeit sein, Melanie!

Melanie. Das wäre mein Tod!

Baronin. Melanie!

Melanie. Wo hab' ich nur meine Augen gehabt! Denken Sie, Pathe, daß dieser Prosper ganz und gar denselben Blick, den zudringlichen Blick des abscheulichen Abbés hat!

Baronin. Melanie!

Marquis. Aber was ist's denn so Arges, wenn Ihnen der Abbé eine Strafpredigt übers Tanzen hält! Das hat er doch wol oft gethan, und Sie sind nicht so erschrocken!

Melanie. Eine Strafpredigt? — Der Heuchler!

Baronin. Melanie, Du fällst wieder in Deine Abgeschmacktheiten!

Marquis. Lassen Sie doch das Kind! Was sprach er denn, wenn nicht eine Strafpredigt?

Baronin (macht der Tochter eine entschieden mißbilligende Pantomime).

Melanie. Was soll ich denn sagen, die Mutter glaubt mir ja nicht — da kommt der Papa!

Sechste Scene.

Baron (aus der Thür links) — die Vorigen.

Baron (die Uhr in der Hand und Jene nicht gleich bemerkend). In fünf Minuten Vier! — Ah, Gesellschaft!

Melanie. Lieber Vater, ich hab' eine recht große Bitte an Sie zu richten!

Baronin. Melanie, sei doch nicht voreilig!

Baron. Später, meine Tochter, später! Ich erwarte hier soeben einen dringenden Geschäftsbesuch.

Siebente Scene.

Tulpe (eintretend) — die Vorigen.

Tulpe. Ich bitte um Vergebung! Gnädigster Herr Marquis, ich habe eine eilige Botschaft auszurichten.

Baronin. O mein Gott!

Marquis. Was ist?

Tulpe. Die Frau Marquise von Pompadour lassen den Herrn Marquis ersuchen, sich augenblicklich zu ihr zu bemühen.

Baronin. Heilige Jungfrau, schon bis zu der ist's gekommen!

Baron. Was denn?

Marquis. Die Frau Baronin meinen wol die Nachricht der Verlobung.

Baron. Ach ja, Herr von Didier sprach davon, sie sei dagegen. Thun Sie das Ihrige, lieber Marquis, sie zu begütigen. Es taugt nichts, böses Blut da oben zu haben.

Marquis. Ich bitte um Entschuldigung für die Unschicklichkeit meines Dieners, um solcher Kleinigkeit halber sich hier einzudrängen. Es giebt Naturen, die auch par force dressirt unverbesserlich bleiben. (Auf einen Wink des Marquis geht Tulpe, nachdem er durch ein Zucken seinen Ingrimm ausgedrückt.) Bon jour, Baron!

Baron. Bon jour! Bon jour!

Marquis (im Abgehen mit der Baronin und Melanie, zu Melanie): Wir sprechen noch mit einander! (zur Baronin:) Ich werde finden, was ich suche.

(Alle drei ab. Man sieht durch die offene Thür Remy ankommen, der sich gegen die Abgehenden verbeugt und dann eintritt.)

Achte Scene.

Baron (auf die Abgehenden nicht achtend, setzt sich) — Remy.

Remy. Es schlägt eben Vier, Herr Baron!

Baron. Ah, da sind Sie, ein pünktlicher Mann. Was meinen Sie, wird er kommen?

Remy. Ich zweifle nicht!

Baron. Setzen Sie sich! Aber ich habe mir überlegt, wir haben ihm zu wenig Zeit gelassen! Er wird sich doch nicht alle halbe Stunden hier auf der Straße umhertreiben, ob der Zettel erscheint!

Remy. Oh, diese Art ist aufmerksam, ist Tagedieb, hat Helfershelfer!

Baron. Sie thun ja, als ob Sie unsern Mann kännten.

Remy. Wer auf so große Summen speculirt, der ist kein regelmäßiger Arbeiter, der ist ein Genie oder ein Taugenichts.

Baron. Oder, wie gewöhnlich, Beides zugleich. — Ich habe drüben in meinem vergitterten Cabinet die Pro-

jecte durchgesehen, welche ich mir für die Zukunft aufge=
zeichnet hatte, da ist keins von der Art, daß ich auch nur
tausend Francs dafür zahlte. Aber zur Sache! Was
machen wir für einen Operationsplan? Wie verhalten wir
uns? Wer führt das Wort? Was stellen wir für Be=
dingungen, ehe wir auf den Preis eingehen? Kurz, wie
erfahren wir Viel, ohne uns Viel zu vergeben?

(Während dieser Rede ist ein Unbekannter, in einen Mantel gehüllt, mit
heruntergekremptem Hut und schwarzer Larve vor dem Gesicht, eingetreten,
hat stillstehend die letzten Phrasen gehört, und spricht:)

Neunte Scene.

Unbekannter — die Vorigen.

Unbekannter. Es ist kein Schacher, sondern ein
Geschäft!

Baron und Remy (fahren Beide von ihren Sitzen auf).
(Pause.)

Baron. Sie sind der Herr, welcher ein Geheimniß
verkaufen will?

Unbekannter. Ja.

Baron. Wollen Sie Platz nehmen!

Unbekannter (setzt einen Sessel etwas nach rückwärts zwischen
die Sessel des Barons und Remys).

Baron. Wir sind hier ungestört; darf ich Sie bitten,
Maske und Mantel abzulegen?

Unbekannter. Nein.

Baron. Was betrifft Ihr Geheimniß?

Unbekannter. Das hab' ich Ihnen geschrieben.
Sobald Sie mir 50,000 Francs einhändigen, erhalten Sie
vollständige Mittheilung.

Baron. Ich halte sie in meiner Brieftasche für Sie
bereit, sobald Sie mir dargethan, daß Ihr Geheimniß eine
so große Summe werth ist.

Unbekannter. Erst das Geld, dann die Waare!

5 *

Baron. Umgekehrt heißt es sonst in der Welt! Ich soll Ihnen doch nicht solch eine Summe zahlen, ohne zu wissen, wofür? (auflachend) Halten Sie mich für einen Narren?

Unbekannter. Ich halte Sie für einen Mann, dem es nicht ernstlich um unser Geschäft zu thun ist, ich bin also nicht Ihr Mann! (Aufstehend.)

Baron (ebenfalls aufstehend). Und ich nicht der Ihre! Suchen Sie einen andern Käufer!

Unbekannter. Das wird bald geschehen sein! (Sich wendend.)

Baron. So? betrifft denn Ihr Geheimniß die Industrie, den Handel oder sonst was Reelles?

Unbekannter. Mein Geheimniß betrifft Sie, das ist Alles, was ich Ihnen sagen kann, und es betrifft noch drei andere Personen, wenn Sie rathen wollen!

Baron. Rathen! rathen! Ich möchte den sehn, der 50,000 Francs gäbe für Etwas, das er nicht errathen kann!

Unbekannter. Sie sind ja nicht gezwungen dazu! Wenn Sie Ihre Ruhe, Ihre Ehre und Ihr Vermögen nicht 50,000 Francs hoch anschlagen, so würde ich es Ihnen verargen, den Kauf einzugehen.

Baron. Meine Ruhe, meine Ehre — dummes Zeug! Mein Vermögen ist nicht von einem Geheimnisse abhängig; Sie müßten denn das Geheimniß haben, Gold zu machen!

Unbekannter. Das würd' ich nicht für 50,000 Francs verkaufen! — Entscheiden Sie sich, Herr Baron, ich habe Eile!

Baron. Unter solchen Umständen kann ich mich nicht entscheiden — ich könnte ja eine Albernheit so unmäßig bezahlen!

Unbekannter. Sie haben sich also entschieden, das heißt: Sie gehen nicht darauf ein!

Remy. Es ist nicht darauf einzugehen, mein Herr!

Entweder Ihr Geheimniß ist solch eine Summe werth, und dann kann es Ihnen einerlei sein, ob Sie das Geld vor oder nach der Mittheilung desselben erhalten, oder Ihr Geheimniß ist nicht so viel werth, und dann wäre der Herr Baron betrogen, wenn er voraus bezahlte!

Unbekannter. So denken Sie heute darüber, meine Herren, morgen wird das anders sein, und Sie werden es schwer bereuen! Adieu! (Er wendet sich wieder und will gehen.)

Baron. Noch ein Vorschlag! Wollen Sie nicht Herrn Remy in das Geheimniß einweihen? Er ist ein gewissenhafter Justizmann, und er giebt Ihnen sein Ehren= wort, mir nichts weiter mitzutheilen, als die Kunde: das Geheimniß ist so viel werth, oder: es ist nicht so viel werth. Ich gebe Ihnen mein Wort als Edelmann, ich unterwerfe mich dann ohne die geringste weitere Nachfrage Herrn Remys Ausspruche. Lautet dieser: Ja! so zahle ich Ihnen sogleich die verlangte Summe.

Unbekannter (sich wieder setzend). Verständigen wir uns unzweideutig, meine Herren! Was versprech' ich? Und worauf hat dann Herr Remy nach Empfang meiner Mit= theilung Ja oder Nein zu antworten?

Baron. Sie versprechen für 50,000 voraus zu zahlende Francs die Enthüllung eines Geheimnisses, welches für meine Ruhe, meine Ehre und mein Vermögen von großer Wichtigkeit ist.

Unbekannter. So ist's. Ich füge mich diesem Uebereinkommen, wenn Herr Remy feierlich bei seiner Amtsehre sich verpflichtet, ohne Umschweif und Einschränkung Ja oder Nein zu sagen, und gewissenhaft Ja oder Nein zu sagen.

Remy. Ich verpflichte mich dazu!

Unbekannter. Wohl! So zeigen Sie, daß Sie ein gerechter Richter sind, und sein Sie wie von Ihrem jetzigen Dasein versichert, daß Sie eine fürchterliche Rache ereilt, wenn Sie unehrlich aussagen.

Baron (weist auf die Thür links).

Remy. Folgen Sie mir!

(Ab mit dem Unbekannten in die Thür links.)

Zehnte Scene.

Baron (allein).

Baron. Mein Gott, diese letzten Worte, denen die
verstellte Stimme versagte, erinnern mich — an wen denn?
Wo hab' ich doch diesen Mann gesehn? Gleichgültig!
Ich weiß doch jetzt, daß ich nicht betrogen werden kann.
Die Sache hat mich in die größte Aufregung versetzt, und
doch hab' ich nicht die entfernteste Ahnung, was der Mensch
haben kann! — Die gewisse Feierlichkeit klingt gar nicht
nach einem Kaufmannsgeheimnisse, und doch ist mir alles
Uebrige ziemlich gleichgültig, und ist in Ordnung! Nun,
Remy weiß ja, was mich interessirt! — Daß wir nur
nicht überrascht werden! (nach der Thür gehend und hinaushorchend)
Alles still! — Daniel weis't sogar Jemand ab, der herauf
will; ich wüßte doch nicht, daß ich's bestellt hätte. Aber
's ist gut, 's ist ein gutes Zeichen für mein Geschäft! (zurückkommend und sich setzend) Nichts Schöneres auf der Welt, als
die Spannung eines Geschäftsmannes, der große Unter=
nehmungen im Gange hat! — Was ist? Die werden
laut mit einander? — 's wird wieder still! — Da
sind sie!

Elfte Scene.

Remy (aufgeregt voraus) — Unbekannter (folgend).

Baron. Nun, Remy?

Unbekannter. Ich ruf' Ihnen Ihr gegebenes Wort
ins Gedächtniß, Herr Remy!

Remy. Sie sind abscheulich!

Unbekannter. Sie haben mir mit Ja oder Nein zu antworten, Herr!

Baron. Nun, Remy? Ja oder Nein!

Unbekannter. Ist das Geheimniß wichtig für Ruhe, Ehre und Vermögen des Herrn Barons?

(Pause.)

Remy. Das Geheimniß ist eine Abscheulichkeit!

Unbekannter. Verlangen wir Ihre Kritik? Wir verlangen Ihre Aussage: Ja oder Nein!

Remy. Eine Abscheulichkeit, und wer damit Wucher treibt, ein Niederträchtiger!

Unbekannter. Halten Sie Ihr Wort, Herr! Ja oder Nein?

Remy. Nehmen Sie die Summe, welche ich Ihnen aus meiner Tasche angeboten habe, und gehen Sie auf Nimmerwiedersehen!

Unbekannter. Ich verlange nichts von Ihnen, als Ja oder Nein.

Baron. Aber was heißt das, Remy! Ist das Geheimniß von Wichtigkeit?

Remy. Ich beschwöre Sie, Herr Baron, fragen Sie nicht darnach! Geben Sie dem Menschen die erwucherten 50,000 Francs unter der Bedingung, daß er unverbrüch= liches Stillschweigen zuschwört.

Unbekannter. Verlang' ich Almosen, Herr Notar? Ich verkaufe, und wenn der Kauf geschlossen, so liefre ich aus, was ich verkauft! Endigen Sie Ihr Gewinsel! Sagen Sie einfach: Ja! Der Herr Baron zahlt und erhält, was er bezahlt hat.

Baron. Zur Sache, Remy! Ist's von hinreichender Wichtigkeit?

Remy. Von größter Wichtigkeit ist es; aber es ist durchaus nicht nöthig, noch förderlich, Herr Baron, daß Sie's erfahren!

Unbekannter. Wer fragt Sie darnach! — Ich bitte also den Herrn Baron um die Summe!

Baron. Sind Sie nicht klug, Remy! Ich soll 50,000 Francs blos für Ihre Unterhaltung bezahlen, und nicht einmal meine Neugierde dafür befriedigt sehen! — Hier ist das Sündengeld, jetzt das Geheimniß!

Unbekannter (das Papiergeld sorgfältig einsteckend). Das Geheimniß heißt —

Remy. Ich beschwöre Sie, Herr Baron, heißen Sie ihn gehn und schweigen!

Baron. Schweigen Sie!

Unbekannter. Seien Sie unbesorgt, ich bin ein ehrlicher Geschäftsmann, und liefre aus, was ich verkauft. Das Geheimniß heißt: Melanie ist nicht Ihre Tochter!

(Pause.)

Baron. So? — Weiter!

Remy. Weiter?

Baron. Natürlich! Ich will nicht hoffen, daß Sie mich blos dafür haben 50,000 Francs zahlen lassen! Das weiß ich entweder selbst, oder es ist nicht wahr und von keiner großen Wichtigkeit; es betrifft ferner höchstens meine sogenannte Ehre, stört aber meine Ruhe nicht, und hat mit meinem Vermögen gar nichts zu schaffen.

Remy. Herr Baron!

Baron. Herr Notar! Ich hoffe nicht, daß Sie mich dergestalt von diesem Schurken haben betrügen lassen! Ist das Alles?

Unbekannter. Beruhigen Sie sich, Herr Baron! Es liegt mehr Unheil darin, als Sie vermuthen. Die Familie der Frau Baronin, sobald sie notorisch davon unterrichtet sein wird, daß Melanie nicht Ihr Kind ist, Herr Baron, legt gerichtlich auf das Vermögen dieses Kindes Beschlag. Ihr sämmtliches Vermögen, Herr Baron, wird gerichtlich Melanie zugesprochen, und geht von dem Tage an, da sie sich verheirathet oder majorenn wird, auf Melanie über, die Hälfte davon unmittelbar, die andere Hälfte, so lange die Baronin lebt, unter Verwaltung und Nutznießung der Frau Baronin. Denn es ist gerichtlich

in Ihrem Ehecontracte, Herr Baron, ausgesprochen, daß
Sie bei der Verheirathung nichts besaßen, und daß Sie
sich verpflichteten, das Vermögen der Frau Baronin zum
Vortheil etwaiger Kinder derselben zu verwalten. Was
Sie mit diesem Gelde erworben haben, gehört also nicht
Ihnen, sondern Melanie, und sobald man erfährt, daß
Melanie nicht Ihr Kind ist, hört alle Familienrücksicht auf,
und man verfährt gegen Sie, wie gegen einen Fremden.
An dem Tage, an welchem Melanie Herrn Didier heirathet,
haben Sie also nichts mehr als die Pension des Marine=
Capitains — scheint Ihnen nun das Geheimniß wichtig
genug?

Baron (aufspringend und den Unbekannten an der Kehle fassend).
Canaille! — Besetzen Sie die Thür, Remy! Ich erkenne
jetzt den Schurken ganz an seiner saftigen Stimme! (Er
reißt ihm Perücke, Hut und Larve ab.)   Es ist der scheinheilige
Abbé!

Remy (der an die Thür geeilt ist).   Der Abbé!

Abbé. Der Abbé! Es soll mich freuen, wenn Ihnen die
Entdeckung Freude macht — sie ändert in der Sache nichts!

Baron (den Degen ziehend und auf ihn eindringend). Ich
will Dir's zeigen, Schuft!

Abbé (ein Pistol aus der Brusttasche ziehend, rasch aufziehend
und ihm entgegen haltend). Erhitzen Sie sich nicht! Sie haben
bezahlt, und wir sind quitt bis auf die Beweise, die ich
Ihnen noch vorzulegen habe und die Sie in der Angst zu
fordern vergessen. Ich bin reeller in meinem Geschäft,
als Sie!

(Pause.)

(Der Baron sammelt sich; der Abbé tritt einige Schritte zurück, um auch Remy
beobachten zu können.)

Abbé. Wenn Sie auch Ihre Frau nicht eben kennen,
so kennen Sie doch wol deren Handschrift — (das Paket
Briefe aus der Brusttasche ziehend und den obersten Brief herausnehmend) —
Herr Remy! Sie sind ein geschickter Unterhändler, präsen=
tiren Sie diesen Brief dem Herrn Baron! Er ist der

Anfang der Correspondenz, und wenn man ihn mit Auf=
merksamkeit gelesen, braucht man die übrigen nur zu durch=
fliegen. Er ist geschrieben vom Fräulein von Chateauneuf
an den Herrn Marquis von Brissac. Sie sagt ihm darin,
daß sie unter so dringenden Umständen die Hand des Baron
Gérard annehmen müsse, da denn einmal ihre Verwandten
in eine Verbindung mit dem Marquis nicht willigen wollten,
und sie das Kind, welches sie unter dem Herzen trage,
nicht von der Gesellschaft ausschließen dürfe. — (Remy hat
den Brief genommen und dem Baron gegeben.) Erklären Sie sich,
Herr Baron, ob Ihnen die Probe genügt, ob Ihnen die
Handschrift zweifellos ist. Es sind über 18 Jahre her,
und ich kann Ihnen von jeder fünfjährigen Epoche eine
Probe geben, damit Sie die allmähliche Aenderung der
Handschrift beobachten können.

Baron (der sich gesetzt und gesammelt hat). Geben Sie her,
ich will die Correspondenz im Zusammenhange prüfen!

Abbé. Das wäre zu viel!

Baron. Ich habe sie Ihnen bezahlt!

Abbé. Bitte um Vergebung! Sie haben das darin
verborgene Geheimniß bezahlt, die Wohnung des Geheim=
nisses aber, diese Correspondenz selber, haben Sie nicht gekauft.

Baron. So will ich sie kaufen, was kostet sie?

Abbé. Sie ist mir nicht feil.

Baron (aufspringend). Schurke! (eiligst an die Thür gehend
und hinaus rufend:) Daniel!

Abbé (das Pistol ziehend). Sie bemühen sich umsonst,
es kommt kein Mensch! Und sobald Sie selbst die Schwelle
überschreiten, geht diese Kugel mit Ihnen. Lassen Sie
uns zum Ende eilen. Die Angelegenheit sieht verzweifelter
aus, als sie ist: Sie haben nichts verloren als eine Täu=
schung, das heißt eine Verwandtschaft, welche Sie wenig
gekümmert zu haben scheint, Sie werden nichts weiter ver=
loren haben, als diese Täuschung, wenn Sie thun, was
man von Ihnen heischt.

Baron (herantretend). Was heischt man noch?

Abbé. Noch? Man hat noch nichts geheischt, als ein armselig Botenlohn! — Das that ich; wenn ich man sage, so ist darunter eine Macht zu verstehen, an der Sie nicht hinauf können, und man heischt zunächst Folgendes: Fräulein von Gérard heirathe erstens Herrn von Didier nicht, und die Verlobung werde noch heute aufgelöst, ich will Ihnen dazu behilflich sein. Zweitens respectire und befolge dies Haus später alle diejenigen Vorschläge, welche ich Ihnen in Betreff der Verbindung Fräulein Melanies mittheilen werde. Diese Vorschläge werden eine Unterschrift und ein Siegel tragen, wie dieses Blatt. Geben Sie es, Herr Remy, dem Herrn Baron! (Remy thut's.) Der Herr Baron mögen mir jetzt ausdrücken, ob wir darüber einig sind!

Baron. Das kann ich nur, wenn mir die Correspon= denz eingehändigt wird.

Abbé. Nicht doch! Der Herr Baron behalten zur Entschließung die nöthige Zeit bis morgen früh halb acht Uhr. Hängt bis morgen früh um acht Uhr wiederum ein weißer Zettel mit der heutigen Zahl Vier an Ihrer Haus= thür, so gilt dies für Einwilligung, und die Angelegenheit entwickelt sich ohne weiteren Nachtheil für Sie. Fehlt der Zettel, so wird sie öffentlich, und ruinirt Sie, Herr Baron. Ich habe die Ehre, Ihnen guten Abend zu wünschen. (Er geht.)

(Der Vorhang fällt langsam.)

Vierter Act.

Zimmer, wie im vorigen Act.

Erste Scene.

Baron und Remy (sitzen schweigend auf den Sesseln).

Remy. Glauben Sie sicher, Herr Baron, es sind nur Schreckschüsse, und es wird sich Alles beseitigen lassen — wir leben ja doch nicht in einer barbarisch gesetzlosen Zeit, daß ein Familienglück jedem Abenteurer preisgegeben wäre!

Baron. Unsre Zeit ist nicht viel besser! Es ist die Zeit des Wechsels, der Willkür, des bunten Allerlei — und ist's nicht offenbar, daß die Pompadour hinter diesem verwogenen Menschen steckt? Würde er sonst so frech und zuversichtlich sein? Und was ist zu thun gegen einen Menschen, den sie beschützt?

Remy. Wenig.

Baron. Nichts. Die letzte Zuflucht, die man sonst offen hat gegen gerichtlichen Scandal, eine lettre de cachet. gegen diesen Menschen ist sie nicht zu haben. Was bleibt übrig? sich ergeben. Kein Gericht kann mir helfen, auch wenn es ein freies Gericht gäbe gegen Creaturen der Maitresse. Das Gericht brächte die Vaterschaft des Marquis, brächte die Erbberechtigung des Mädchens zur Sprache, ich würde gesetzlich zu Grunde gerichtet und hätte den Scandal obendrein. Auf dieser Seite ist kein Ausweg.

Remy. Nein.

Baron. Und ich bleibe dem Schurken preisgegeben, da er die Briefe in Händen hat, und jeden Augenblick da= mit vortreten kann.

Remy. Zunächst will er aber doch nur die Heirath rückgängig machen; darein müssen wir uns fügen, und unterdeß gewinnen wir Zeit und vielleicht auch Mittel.

Baron. Vielleicht! vielleicht! Zeit ist auch weiter nichts als ein Vielleicht! Man hofft auf die Zeit, wenn man nichts zu hoffen hat. Wollen denn jene Leute die Heirath rückgängig machen blos zu ihrem Zeitvertreib? Haben sie nicht sicherlich dahinter andre Pläne, die uns dann nicht minder plagen? Denn wenn auch ich nicht übergewissenhaft bin, werd' ich nicht alsbann die Noth mit der Baronin haben, welche Machtwort, Abhilfe von mir verlangen wird zum Schutze des Mädchens? Und ich bin dann machtlos, weil ich fortwährend durch die Briefe im Schach gehalten werde! Das Uebel wird immer unabsehbarer, je länger wir darüber nachdenken!

Remy. Man ist wie verrathen und verkauft: die Domestiken sind offenbar mit dem Bösewicht unter einer Decke, es rührt sich keiner!

Baron. Sie sind alle käuflich! Was ich dem Ge= schäftsleben für zuträglich hielt, das rächt sich an meinem Privatleben! Ein Glück ist's, daß ich meine Adelsmarotten verlernt habe, was müßt' ich sonst mit dem Marquis machen, der seit 18 Jahren den uneigennützigen Haus= freund spielt!

Remy. Ja wohl!

Baron. Und wenn ich klug bin, darf ich ihn gar nichts merken lassen, sonst bin ich dadurch blamirt, daß ich ihn nicht herausfordere!

Remy. Wenn Sie klug sind, nehmen Sie ihn zum Verbündeten.

Baron. Auch das noch! Und dabei darf ich ihm, darf er mir nicht eingestehn, wozu ich ihn eigentlich als Verbündeten brauche. Das bringe Einer zu Wege!

Remy. Er ist bei Hofe angesehn, selbst bei der Mar=quise von Pompadour angesehn, er ist dreist, er ist tapfer: wenn Jemand den Abbé fassen und vernichten kann, so ist er es. Die Heirath mit Tiviers gefällt ihm ohnedies nicht, er wird gern zur Auflösung behilflich sein.

Baron. Das will der schurkische Abbé auch! Und wie wird er das anders, als daß er mich gegen Tiviers bloßstellt? Und wie soll ich diese Auflösung gegen die Baronin begründen? Denn auch diese darf ich nicht merken lassen, daß ich weiß, warum sie fromm ist — sie nähme sich das Leben, oder ginge ins Kloster, und das Mädchen würde dann von den Verwandten als eine Waise zurück=gefordert, das Mädchen sammt allem Besitzthum! Oh, es ist ein Abgrund!

Remy. Tiviers anbetreffend schlüge ich vor, um dem Abbé zuvorzukommen, man ließe ihnen beibringen, Sie, Herr Baron, seien ruinirt, und das Mädchen bekäme keine Mitgift —

Baron. Sind Sie des Teufels, Remy! Vor der Hand sind wir nur von Möglichkeiten des Unheils umringt, dies wäre ja aber das Unheil selbst, denn es vernichtete meinen Credit. Das hieße die Schlacht verloren geben, welche eben erst mit allerdings entsetzlichen Schreckschüssen begonnen hat. Ich denke, der Abbé wird Tiviers zuerst nichts Gründliches sagen, um so lange wie möglich alleiniger Herr des Geheimnisses zu bleiben. Er wird sie mit Drohungen von oben her in Schreck setzen — wenn man ihnen nun entgegenkommt mit der Jammerpost, es sei auch bei uns von oben her bestimmter Protest eingelegt worden gegen die Heirath, so werden sie sich empfehlen.

Remy. Das glaub' ich nicht: die Tiviers sind Parla=mentsleute, welche sich nicht an die Verlangnisse des Hofes kehren!

Baron. Ach Larifari!

Remy. Der alte Didier wußte ja heute morgen schon von der Abneigung der Marquise und machte sich nichts daraus!

Baron. Laſſen Sie ihm nur näher ans Leben rücken! Ich müßte meine Franzoſen nicht kennen! Unabhängig iſt keiner heut zu Tage, kurz, dieſe Sorge iſt die geringſte. In allem Uebrigen muß ich allerdings zuwarten, mit meinem Vermögen aber muß ich mich ſogleich ſicher ſtellen, ſo weit es möglich iſt, und dazu müſſen Sie mir behilflich ſein, lieber Remy!

Remy. So weit ich's im Stande bin, ſehr gern.

Baron. Im Stande! Sie wollen doch nicht mitten unter Spitzbuben bedenklich ſein! Alſo: ich verkaufe Ihnen meine Fabrik in Lyon für eine Million, ſo viel iſt ſie werth!

Remy. Das glaub' ich wohl, aber —

Baron. Daß Sie die Million nicht haben, weiß ich, Sie können ſich aber auch denken, daß Ihnen die Fabrik deshalb noch nicht gehört, weil ich ſie Ihnen verkaufe — (ſteht auf) — Bitte, ſchreiben Sie!

Remy (ſetzt ſich zum Schreibtiſch).

Baron (dictirend). „Unter heutigem Dato habe ich meine Fabrik in Lyon gegen Erlegung einer Summe von einer Million Francs an den königlichen Notar Herrn Richard Remy abgetreten, welches ich hiermit durch meinen Namen und mein Siegel beſcheinige."

So! Das will ich hernach unterfertigen und Ihnen einhändigen. Sie datiren es vom geſtrigen Tage, vom geſtrigen Tage, ſo! Das deponiren Sie legal, und ſollte die Kataſtrophe über mich hereinbrechen, ſo kommen Sie damit und weiſen ſich aus als Beſitzer der Fabrik! Daß ſich die Million bei mir nicht vorfindet, dafür werde ich ſchon Sorge tragen! Nun zu Nr. 2, daß Ihnen die Million nicht auf dem Halſe bleibt! Dazu nehmen Sie einen andern Bogen! (Dictirend.) „Unter heutigem Dato

verpflichte ich mich, die Lyoner Fabrik, welche mir der
Herr Baron Gautier Gérard abgetreten, selbigem Herrn
Baron Gautier Gérard unentgeltlich zur Disposition zu
stellen, sobald es selbiger Herr Baron Gautier Gérard
erheischt." So, unterzeichnen Sie Ihren Namen und
das heutige Datum, vollziehen Sie beide Documente zu
Hause und legen Sie mir selbige heute Abend vor. Ver=
stehen Sie?

Remy. Vollkommen.

Baron. Jetzt bin ich von dieser Seite gedeckt und
erwarte leichter die Zukunft! Ein paar alte Füchse, wie
uns, nicht wahr, Remy? fängt man nicht so leicht! (lachend)
Gott sei Dank, ich kann wieder lachen! (nach der Thür gehend)
Wer kommt da?

Remy (die Papiere einsteckend, für sich). Ich kann diese
Schriften nicht vollziehen!

Zweite Scene.

Tulpe (mit Armleuchter vorausgehend) — der Marquis —
die Vorigen.

Baron. Ach, der Marquis! (für sich) Und welche
Rolle hab' ich zu spielen!

Marquis. Entschuldigen Sie, lieber Baron, daß
ich meinem Diener erlaubt habe, zu leuchten, die Ihrigen
sind voll süßen Weines und nicht zu brauchen!

Baron. Das haben wir leider erfahren!

Marquis. Erlauben Sie ferner, daß ich den
Chevalier von Victor berufen lasse.

Baron. Nach Ihrer Bequemlichkeit!

Marquis. Sehr gütig, es betrifft auch Ihr Interesse.
(zu Tulpe) Du hast gehört, besorg' es! (Tulpe ab.) Herr Remy
sind auch auf dem Wege?

Remy (verbeugt sich gegen ihn).

Baron (zu Remy). Ja, lieber Remy, versäumen Sie keine Zeit damit! (Remy verbeugt sich und geht ab.)

Dritte Scene.

Baron — Marquis.

Baron (für sich). Welche Rolle hab' ich zu spielen! (laut) Setzen wir uns, Herr Marquis! Was giebt's mit dem Chevalier von Victor?

Marquis (setzt sich auf den Sessel am Tische, welchen der Baron vorhin eingenommen hatte. Auf dem Tische liegt noch der vom Abbé ausgelieferte Brief. Der Baron nimmt Remys Sessel). Wir werden den Chevalier brauchen, lieber Baron. Die An=gelegenheiten verwirren sich arg.

Baron. So? Welche?

Marquis. Sie wissen, daß mich die Marquise rufen ließ! Und was denken Sie, daß sie wollte?

Baron. Was Herr von Didier schon heute morgen sagte: Vorstellungen machen gegen Melanies Heirath, nicht wahr?

Marquis. Und wenn die Marquise von Pompadour Vorstellungen macht, so heißt das? — Lieber Baron, Sie sind so kalt und gleichgültig, die Dinge sind aber sehr heiß geworden! Was ist geschehn? Was haben Sie mit Didier gehabt?

Baron. Nichts.

Marquis. Nichts? Sind wir denn in einem Labyrinth? Von der Marquise bin ich zu Didier selbst gegangen, um ihm mitzutheilen, was die Marquise gesagt, und womit empfängt er mich? Mit einem Briefe voll der wunderlichsten Nachrichten: Sie seien bereits entschlossen, die Heirath mit seinem Sohne rückgängig zu machen. —

Baron (für sich). Da ist er bereits, der Schurke von Abbé.

Marquis. Sie seien durch Briefe aus Lyon in große Verlegenheit gesetzt —

Baron. Was!

Marquis. Ihre Geschäfte hätten einen gefährlichen Stoß erlitten, Ihr Vermögen sei bedroht —

Baron (aufspringend). Der Schurke!

Marquis. Wer?

Baron. Meinen Credit zu untergraben!

Marquis. Von wem sprechen Sie?

Baron. Von einem Intriganten!

Marquis. 's ist also nicht wahr? Desto besser; daß wir Didier dadurch los werden, ist mir persönlich ganz recht und ist auch ganz angenehm wegen der Marquise.

Baron. Um den Preis meines Credits! Sie wissen nicht, was das heißt!

Marquis. Nein, ein Seigneur hat immer Credit, und wenn Sie dadurch von Ihrem Kaufmannstriebe abgelenkt werden, so ist das auch recht gut. Wir haben Geld genug, um nicht unsre Wappen mit Wechslern und Krämerzeug zu behängen! — Bei Didier hat's gewirkt. Ungunst bei Hofe und keine Mitgift reimt sich ihm nicht zu seines Sohnes Hochzeit, ich glaube er ist schon auf dem Wege hierher, Ihnen das persönlich auf die schonendste Weise mitzutheilen, wie das so Art des Parlamentsadels ist: Titel kann man erwerben, aber nicht adelige Gesinnung.

Baron. Und mein Haus ist bloßgestellt! Melanie, für welche Sie sich ja immer zu interessiren geruhten, ist wie eine Waare behandelt!

Marquis (für sich). Welche Ausdrücke! Hier ist schon etwas geschehn! (laut) Nicht doch! Man behandelt's als Bagatelle, man dankt, man drückt sein Vergnügen aus, daß das Kind nun seiner Neigung folgen und den Mann des Herzens heirathen könne!

Baron. Wen?

Marquis. Den Chevalier!

Baron. Was, den Herrn von Habenichts?

Marquis. Wir haben genug.

Baron. Dessen Abstammung Niemand kennt!

Marquis. Ich kenne sie — (in diesem Augenblicke sieht der Marquis den Brief auf dem Tische und ruft bei Seite:) Pardieu! (genauer hinsehend, leise:) Es ist einer von den Briefen! Er hat sie! Dieu de Dieu!

Baron (aufstehend, für sich). Welche Unvorsichtigkeit, ich habe den Brief liegen lassen! (Der Marquis ist ebenfalls aufgestanden.)

(Pause.)

Marquis. Sie sind unterrichtet, Baron?

Baron (für sich). Ich darf nichts zugeben, sonst kommt Alles zur Sprache und man läßt mir nur, was man will! (laut) Wovon? Sie irren sich!

Marquis. Ich allein hab' es zu verantworten, und ich bitte Sie, mir allein Alles zur Last zu legen.

Baron. Ich weiß nicht, was Sie wollen!

Marquis. Nehmen Sie mein offenes Geständniß, und treiben Sie's nicht weiter!

Baron. Sie haben mir nichts zu gestehn!

Marquis. Also wissen Sie Alles?

Baron. Ich weiß nichts.

Marquis. Sie sind mir unbegreiflich!

Baron. Sie mir ebenfalls!

Marquis. Warum sinnen Sie auf geheimnißvolle Maßregeln, da sich Ihnen der Schuldige frank und frei stellt?

Baron. Ich sinne auf keine geheimnißvollen Maßregeln, und der Schuldige, den ich kenne, hat nichts mit Ihnen zu schaffen!

Marquis. Baron!

Baron. Marquis!

(Pause.)

Marquis. Der Schuldige hätte nichts mit mir zu

6 *

schaffen! Sie wollen doch nicht Ihre Rache gegen das wehrlose Geschlecht richten?

Baron (für sich). Ist der Mann hartnäckig! (laut) Sie müssen eine vorgefaßte Meinung haben, lieber Marquis, die ich nicht kenne und die unsre Unterhaltung verwirrt. Es hat sich ein frecher Mensch in meine Familienangelegenheiten gemischt, den kenne ich, und den werde ich züchtigen, das ist Alles!

Marquis. Ihre Ausdrücke, Herr Baron, sind sehr ungewählt, und wäre die Sache nicht so delicat, so würde mein Degen dafür Rechenschaft verlangen. Das wollt' ich eben vermeiden, und deshalb bat ich Sie, die Sache friedlich zu begraben —

Baron. Mißverständniß ohne Ende! Wenn ich von einem frechen Menschen rede, so hat dies ja mit Ihnen gar nichts zu schaffen! Bin ich denn ein Mensch ohne Erziehung, daß ich mir gegen einen Freund und Standesgenossen solche Ausdrücke gestatten würde! (für sich) Ich muß ihn noch um Verzeihung bitten, daß er mich betrogen hat!

Marquis. Aber von wem sprechen Sie denn, da ich sehe, daß das Geheimniß Ihnen verrathen ist?

Baron. Von dem Verräther sprech' ich!

Marquis. Von welchem Verräther, Herr?

Baron. Mein Gott, von dem Verräther des Geheimnisses!

Marquis. Ah so! — Das Geheimniß also kennen Sie!

Baron. Das Geheimniß des Verräthers kenn' ich, das heißt, die Lüge!

Marquis. Sie sind außerordentlich räthselhaft!

Baron. Sie sind außerordentlich schwerfällig!

Marquis. Schwerfällig? (nach kurzem Besinnen sich vor die Stirne schlagend) Dieu, wie ungeschickt! ganz recht: wie schwerfällig! Ich bin beschämt, ich bewundere Sie, Baron! Auf mein Wort, Baron! Sie sind groß!

Baron. Sie sind viel größer, Marquis, denn Sie bewundern da wieder etwas, wo nichts ist!

Marquis. Entziehen Sie sich nicht meinem Dank!

Baron. Gehen Sie zum Henker, Herr, mit Ihrem Danke, Sie sind mir keinen Dank schuldig!

Marquis. Ganz recht, Baron, ganz recht, ich falle aus einer Ungeschicklichkeit in die andere. Geben Sie mir Ihre Hand und sprechen wir von was anderm. Zum Beispiele: wollen Sir mir nicht die Züchtigung des Schurken erlauben?

Baron (sich setzend, und den Marquis pantomimisch dazu einladend). Ich kann ihn noch nicht züchtigen, weil er eine ganze Sammlung solcher nachgemachter Briefe hat, 43 an der Zahl, und weil er damit ehrenrührige Verläumdungen in die Welt bringt, sobald ich ihn reize.

Marquis. Es wäre also die Aufgabe, ihm sämmtliche 43 nachgemachte Briefe — (bei Seite) die Zahl ist ganz richtig! — (laut) abzunehmen und ihm dann das Fälschungs= handwerk für immer zu legen.

Baron. Dies wäre die Aufgabe!

Marquis. Ich will sie zu lösen suchen.

Baron. Nicht doch, das ist meine Sache! Sie ist mühsam und gefahrvoll, denn der Mensch hat die stärksten Verbündeten.

Marquis. Die Marquise von Pompadour selbst, hab' ich Recht?

Baron. Die Marquise von Pompadour selbst.

Marquis. Dacht' ich's doch! und wer ist der Schuft?

Baron. Der Abbé von der Sauce!

Marquis. Richtig! — Mit ihm steckte mein Schurke von Tulpe öfters zusammen.

Baron. Ihr Tulpe hat nichts damit zu schaffen!

Marquis. Nein, ganz recht, wie käme Tulpe hier= her! aber er kann mir behülflich sein, des scheinheiligen Burschen habhaft zu werden. Nun kenn' ich auch den Beweggrund!

Baron. Geld will er schneiden!

Marquis. Nicht blos!

Baron. Blos!

Marquis. Sie wissen's also noch nicht?

Baron. Ich will nichts weiter wissen!

Marquis. 's ist unverfänglich: verliebt ist er in
Melanie! Entführen hat er sie wollen. Er hatte uns
drüben eingeschlossen.

Baron. So? Und wie in der Hölle ist der Mensch
verschanzt!

Marquis. Das ist er! Aber hier meine Hand da=
rauf, ich hole ihn!

Baron. Nicht doch! Wenn er geholt wird, schreit
er seine Verläumdungen zu den Fenstern hinaus, vernichtet
muß er werden, seine Stimme muß ersticken!

Marquis. Dafür ist die Bastille erfunden!

Baron. Wollen Sie gegen den Vertrauten der Pom=
padour eine lettre de cachet auswirken? Das heißt: wollen
Sie den Mond vom Himmel reißen?

Marquis. Das sieht allerdings wie unmöglich aus.
Nein, ich renn' ihm den Degen durch den Leib, das erstickt
auch die Stimme.

Baron. Und das Geschrei hinterher, und die Pom=
padour und die Verläumdungen, die er gegen Didier gewiß
schon angedeutet! Das wäre gerade so gut, als ob wir
die falschen Briefe im Mercure de France abdrucken ließen,
unter der Versicherung, sie seien ächt. Nein, die Pompadour
selbst muß ihn aufgeben, er muß schriftlich bekennen, daß
er gefälscht hat, und muß das erwucherte Geld zurückgeben,
sonst ist nicht zu helfen.

Marquis. Allerdings eine Riesenaufgabe! Aber ich
gehe an die Lösung!

Baron. Wie kämen Sie dazu, sich ihr zu unter=
ziehen?

Marquis. Pardien, wie ich dazu käme! — Ja,
ja so! — Nun, haben Sie denn vergessen, daß ich Ihr

Freund, Ihr Hausfreund, ich will sagen, der Freund Ihres
Hauses bin?

Baron. Es war mir unmöglich, das zu vergessen,
Herr Marquis!

Vierte Scene.

Die Baronin (eiligst eintretend, mit einem Briefe in der Hand)
— die Vorigen.

Baronin. Vergeben Sie mir, Baron, wie ich hoffe,
daß Gott mir vergeben werde! Vergeben Sie mir!

(Baron. Nun auch die noch!

(Marquis. Parbieu, die verdirbt Alles!

Baronin. Wüßten Sie, Baron, was ich darum
gelitten, wie ich gebüßt habe und wie ich büßen will!

Marquis (versucht umsonst, sie durch Zeichen zurückzuhalten).

Baron. Sie sind mir durchaus unverständlich, Frau
Baronin! Sie ruiniren Ihre Gesundheit durch solche über=
triebene Frömmigkeit und aus der Luft gegriffene Selbst=
anklage!

Marquis. Sehr richtig! Sie ruiniren Ihre Gesund=
heit und Ihre Familie! (leise) Er weiß nichts!

Baronin (auf den Brief zeigend). Alles! — Mein
Gewissen ist nicht mehr einzuschläfern und bedarf der Er=
leichterung eines offenen Eingeständnisses, das will ich ab=
legen vor aller Welt!

Baron. Sind Sie des Teufels, Frau Baronin?

Baronin. Ach, leider war ich des Teufels!

Baron. Hier ist offenbar eine Geistesstörung unter=
wegs! Ich bitte Sie, Herr Marquis, geleiten Sie Madame
in ihr Appartement, ich will dafür Sorge tragen, daß sie
dort durch Niemand mehr gestört werde!

Baronin. Oh, Sie strafen zu gelinde, mein Gemahl,
nicht blos in meinem Zimmer will ich eingeschlossen leben,

ich will mich ins Kloster zurückziehen, um dort meinen Tod
zu erwarten.

Baron. Warum nicht gar!

Baronin. Es ist mir dies als Buße auferlegt, und
der Abbé schreibt mir zugleich, daß Sie von Allem unter=
richtet sind.

Baron. Ihr Abbé ist der erste Schurke des König=
reichs, und Alles, was er sagt, ist Lug und Trug!

Baronin. Aber, lieber Baron, hier weiß ich nur
zu gut, daß es die Wahrheit ist, die man Ihnen endlich
verrathen hat —

Baron. Sie wissen nichts, Sie kennen die Wahrheit
nicht, Sie sind getäuscht, betrogen —

Baronin. Aber, lieber Baron, ich werde doch wissen, —

Baron. Sie wissen gar nichts, und mit Ihrer Wuth,
sich durchaus für eine Schuldige auszugeben, vernichten Sie
das Glück Ihres Kindes, die Ruhe dieses Hauses!

Baronin. Wir sollen alles Weltliche abthun zur
Steuer der Wahrheit. Ihre Auffassung des Unglücks ist
mir unbegreiflich, aber ich kenne meine Christenpflicht, und
ich werde ihr nachkommen, wie sehr die Welt dagegen
schreie! (Ab.)

Baron (ihr nachrufend). Und wir werden sorgen, daß
Sie bei Sinnen bleiben!

Fünfte Scene.

Baron — Marquis.

Baron. Dachte ich's doch, daß uns von dieser über=
spannten Person der gefährlichste Widerstand drohte! Wissen
Sie Rath, Marquis?

Marquis. Keinen weitern, als den Sie selbst schon
angedeutet, sie halb gefangen zu halten, bis sich ihr auf=
geregtes Wesen in etwas gelegt hat.

Baron. Auch hierzu ist die Vernichtung des Abbés nöthig, der sie am Gängelbande führt!

Marquis. Nicht blos die Vernichtung, sondern die Entlarvung des Abbés! Erst wenn er ihr unwiderleglich als Heuchler und Betrüger gezeigt wird, erst dann haben wir Aussicht, ihr verstörtes Gemüth weltlicher Ruhe zugänglich zu machen.

Baron. Wir haben so viel Unmöglichkeiten vor uns, daß wir nur durch ein Wunder zu einem glücklichen Ende kommen — da hör' ich schon Didier! — Was soll mit dem werden? Daß er zurücktritt, ist für den Augenblick Nebensache, aber wodurch verhindern wir ihn, die Lügen des Abbés weiter zu sagen? Eine neue Unmöglichkeit!

Marquis. Nicht doch! Die alten Herren unsrer Zeit haben alle ihre Jugendsünden, an denen man sie leitet, wie die Rosse am Zügel —

Baron. So?

Marquis. Mit Ausnahmen, Baron! Ueberlassen Sie mir diesen Parlamentsrath, ich mache ihn nicht nur verschwiegen, sondern hülfreich für unsre Aufgabe: er zuerst soll die Pompadour um einen königlichen Verhaftsbefehl gegen den Abbé angehn!

Baron. Der Parlamentsrath! der ein Lebensgeschäft daraus macht, sich gegen diese Verhaftsbriefe aufzulehnen! Sie sind allzu zuversichtlich in unsrer trostlosen Lage!

Marquis. Auch ein Parlamentsrath war einst jung — er soll noch selbst für seinen Sohn um Melanies Hand demüthig bitten!

Baron. Ihre leichtsinnige Zuversicht, Marquis, vermehrt nur meine Sorge. Das aber sage ich Ihnen positiv: wenn diese sich jetzt auflösende Verlobung nicht am Ende wieder geknüpft wird, so bin ich nicht befriedigt, und von Ihrem Chevalier kann nie die Rede sein.

Marquis. Ach, was da, Baron! Es lebe der Leichtsinn!

Sechste Scene.

v. Didier — Prosper v. Didier (treten ein) — die
Vorigen.

Didier. Ich gratulire zu der guten Stimmung bei
so üblen Umständen!

Baron. Was giebt es für üble Umstände, mein Herr?

Marquis (zu Didier). Man hat Sie getäuscht!

Prosper (höhnisch). Allerdings, und deshalb sind
wir hier!

Marquis. Um uns zu enttäuschen über den Adel,
welchen der Herr Baron Ihnen zugetraut hatte!

Didier. Es sind mir von mehreren Seiten über=
einstimmende Nachrichten zugekommen, die heute
beschlossene Verlobung meines Sohnes —

Marquis. Ihres Sohnes Prosper?

Didier. Sei gerade in die peinlichsten Verwickelungen
Ihres Haushaltes gerathen, daß ich mich beeile, Ihnen
mitzutheilen —

Marquis. Sie wollten mit dieser Verlobung den
Entwickelungen nicht im Wege stehen! Parlamentsstil,
Basta!

Didier. Der Herr Marquis sind von einer Laune,
die alle Nachsicht in Anspruch nimmt!

Marquis. Ich denke, deren noch viel mehr in
Anspruch zu nehmen.

Prosper. Man nimmt, was Einem nicht gegeben
wird!

Marquis. Darauf verstehen Sie sich wol?

Didier. Kann ich Ihnen übrigens, Herr Baron,
mit Rath und Kenntniß zu Diensten sein in Ihrer Lage,
so gebieten Sie über mich!

Baron. Von was für einer Lage sprechen Sie denn?

Marquis. Mit Rath und Kenntniß, das ist zu wenig, Herr Parlamentsrath.

Didier. Ich muß gestehn, daß mir die Herren unerklär= lich sind!

Prosper. Sie geben sich wenig Mühe, Ihren Ver= druß zu verbergen.

Baron. Sie, Herr Parlamentsrath, sind mir nicht minder unerklärlich! Sie kündigen mir in vaguen Redens= arten eine Verbindung mit meinem Hause auf, und machen mir damit ein unerwartetes Vergnügen, sprechen aber dabei immer von einer besondern Lage, in der ich mich befände und von der ich nichts weiß. Ich befinde mich in der Lage, Ihnen zu sagen, daß Sie sich gerade so ungebühr= lich benehmen, wie man sich dessen vom sogenannten Par= lamentsadel versehen mußte.

Didier. Ich vergebe Ihrer Lage eine Beleidigung, die ich —

Baron. In des Kuckuks Namen, Herr, von was für einer Lage sprechen Sie?

Prosper. Von einer Lage, Herr, deren Sie sich nicht zu rühmen haben. Sie haben mir vor wenig Stunden eine Dame anverlobt, unter Titeln und Bedingungen, die falsch waren und falsch sind. Ihnen zu sagen, daß dies unschicklich sei, und mich Ihnen ein für allemal zu empfehlen, ist der Zweck unsers Besuches. Adieu! (Geht.)

Marquis. Junger Herr!

Prosper. Alter Herr, was beliebt? (Ab.)

Marquis. Wir sprechen noch darüber!

Baron. Was ist das für ein Galimathias?

Didier. Sie fordern so ungestüm heraus, daß ich Ihnen mit dürren Worten wiederholen muß, was Ihnen ohne Zweifel der Herr Marquis schon mitgetheilt. Wir sind unterrichtet davon, daß Fräulein Melanie nicht Ihre legitime Tochter ist und daß Ihre Vermögensumstände zer= rüttet sind.

Marquis (laut lachend). Bravo, Herr Parlamentsrath!

Besonders die Vermögensumstände nehmen sich vortreff=
lich aus!

Baron. Mein Herr, daß Sie solchen abgeschmackten
und lügenhaften Klatschereien Gehör schenken, ist schon ver=
wunderlich, daß Sie darauf hin so voreilige unziemende
Schritte thun, zeigt, wie vortheilhaft diese Heirathsauflösung
für meine Tochter ist. Ich habe also mir und den Meinigen
zu gratuliren, daß dies so gekommen, und daß ein Candidat
der Galeeren, ein gemeiner Intrigant mächtig genug gewesen
ist, Sie zu solchem Schritte zu verleiten. Eins nur habe
ich Ihnen ernstlichst zu bemerken: der Intrigant ist in
unsern Händen, von ihm aus kann die ehrenrührige Klatscherei
nicht weiter verbreitet werden. Sobald ich also das geringste
Zeichen erfahre, es wisse außer Ihnen und Ihrem vorlauten
Sohne noch Jemand davon, so verklage ich Sie bei den
Tribunalen als Pasquillanten und Ehrenschänder, was sich
für einen Parlamentsrath vortrefflich ausnehmen wird. Ich
empfehle mich Ihnen! (Ab.)

Siebente Scene.

Didier — Marquis.

Didier. Was soll das heißen?

Marquis (lachend). Daß Sie in die Falle gegangen
sind, welche Ihnen die Marquise von Pompadour gelegt
hat! Sie sind noch zu neu in der Gesellschaft, Herr Par=
lamentsrath.

Didier. Warum nicht gar!

Marquis. Bis heute Mittag wollten Sie nicht
abstehn von dieser Heirath, obwol es die Marquise von
Ihnen verlangt hatte. Sie trieben's bis zur wirklichen
Verlobung: eine Stunde darauf haben Sie von einem
Werkzeuge der Marquise Nachricht und Documente im
Hause, der Baron sei ruinirt, seine Tochter sei nicht seine

Tochter, und was weiß ich sonst noch! Statt der Quelle nachzugehn, statt zu warten, zu forschen, treibt Sie der Alltagssinn zur eiligsten Katastrophe — (lachend) vortrefflich! So wohlfeil ist's der Marquise lange nicht geworden!

Didier. Sie wollen behaupten, jene Nachrichten seien unächt, jene Briefe der Baronin, von denen ich zwei in Händen habe, seien falsch —?

Marquis. Nachgemacht, freilich! Kommen Sie her, vergleichen Sie! Wir haben hier auch einen, und der hat uns auf die Spur gebracht! Wir haben die Handschrift der Baronin aus früherer Zeit verglichen, und dadurch die Fälschung entdeckt. Sie sind der jetzigen Handschrift der Baronin nachgemacht, nicht der damaligen, da sie aus dem Kloster kam und steif und regelmäßig schrieb, wie ein Lineal. Der sogenannte Ruin des Barons ist eine Luxuszugabe für Sie — wir haben den Burschen, der, mit dem Lohn der Marquise nicht zufrieden, auch nebenher noch Geld gewinnen wollte!

Didier. Sie haben ihn?

Marquis. Das heißt: wir kennen ihn! Und zur Habhaftwerdung des Schufts sollen und werden Sie uns wirksam beistehn als Mann des Rechts, Herr Parlamentsrath!

Didier. Und das bilden Sie sich ein, nachdem Sie sich eben beide auf die unhöflichste Weise gegen mich betragen haben?

·Marquis. Das bilde ich mir ein, jetzt, da ich vor= habe, Ihnen noch viel schlimmere Dinge zu sagen, als ich Ihnen gesagt habe! Ich versichere Ihnen, daß nach Ver= lauf einer Viertelstunde Ihr guter Ruf, das heißt nur der Ruf eines redlichen Mannes, der alleruntergeordnetste gute Ruf auf dem Spiele stehen wird, und daß Sie bereit sein werden, Sie, ein Parlamentsrath, welcher die lettres de cachet bekämpft, noch heut Abend bei der Marquise von Pompadour um einen solchen Verhaftsbefehl dringend zu bitten! Wie gefällt Ihnen das? (lachend).

Didier. Sie haben stark dinirt, Herr Marquis, ich bitte Sie ein ander Mal um die geziemende Erläuterung. Adieu! (Abgehend.)

Marquis (sich setzend). Wie Sie darüber denken! So mag Ihr Bastardsohn, den Sie wie ein Vandale seinem Schicksal überlassen haben, in Ihrem Namen bei der Marquise um diesen Verhaftsbefehl anhalten!

Didier. Was soll das heißen!

Marquis. Setzen Sie sich zu mir, ich will's Ihnen erklären! — Setzen Sie sich! Es giebt Dinge, die Einem in die Beine schlagen! (Didier setzt sich.) Ich verlebte einen Theil meiner lustigen Jahre in der Auvergne — Sie sind bekannt in der Auvergne, Herr von Didier? Ich denke, Sie sind ja von daher! Unter den vielen Damen, die mich interessirten — denn ich muß gestehn, daß mich sehr viele interessirten — war ein blasses Fräulein von Armagnac. Sie scheinen sich des Namens zu erinnern! Dieses Fräulein war arm und traurig: traurig wegen ihrer Armuth, arm wegen ihrer Traurigkeit; denn sie verscheuchte damit manchen stattlichen Freier. Mich zum Beispiel auch, aber mir entdeckte sie, warum sie traurig sei. Warum war sie traurig? Sie wissen's nicht, Herr von Didier? Sie hatte ein ernstlich Liebes= verhältniß mit einem Jugendfreunde gehabt, eines von jenen schweren Provinzverhältnissen, das ein ganzes Leben ausfüllt, das hundert Liebschaften überdauert und übers Grab hinaus= reichen soll. Wir kennen das nicht mehr, Herr Parlaments= rath, wir sind zu lange aus der Provinz. Jener Jugend= freund war auch nach Paris gegangen, um seine Carrière zu machen und nach gemachter Carrière seine Louison zu holen — der Name Louison scheint Sie zu interessiren? Nun, Louison schrieb ihm, die gefürchtete Stunde käme näher und näher, er möchte ihr mit Rath und Hülfe an die Hand gehn! Der Jugendfreund antwortete nicht. Sie gebar heimlich, sie beschwor ihn, sich seines Kindes anzu= nehmen, sie habe nicht die Mittel, es zu erhalten. Der Jugendfreund antwortete nicht, er ließ sich in seiner Carrière

nicht stören. Er wird schon hervortreten, sobald er ein
gemachter Mann ist, nicht wahr? Er wurde ein gemachter
Mann, Mutter und Kind schmachteten in Mangel und
Elend, es war die höchste Zeit! Louison schrieb ihm: Dein
Sohn streckt seine kleinen Arme nach dir aus, er hungert!
Sie erhielt keine Antwort, aber man erzählte ihr aus dem
Mercure de France, daß ihr Jugendfreund eine reiche
Heirath gemacht habe. Nun konnte sie ihm nicht mehr
schreiben, nicht wahr? Sie hätte ihn ja bloßgestellt! Sie
ist in der Stille verdorben und gestorben, und vor Gericht
könnte diesem Jugendfreunde auch keine Strafe auferlegt
werden, nicht wahr, Herr Parlamentsrath?

Didier. Wohin wollen Sie damit?

Marquis. Wohin, tugendhafter Richter? Ich bin
heut Abend zur Marquise von Pompadour geladen, und
da mir diese Geschichte gerade jetzt eingefallen und vor
einem Gerichtshofe nichts damit auszurichten ist, so werde
ich sie dort vortragen. Es ist dies doch in der That ein
frivoler Gerichtshof, nicht wahr? Und welches Urtheil
wird er trotz seiner Frivolität fällen, was meinen Sie?
Welches Urtheil, auch wenn ich den Namen jenes Jugend=
freundes, eines jetzt gar strengen Sittenrichters im heutigen
Paris, nicht nenne?

Didier. Sie kennen ihn also?

Marquis (aufstehend). Ob ich ihn kenne! Wenn
das Urtheil gefällt sein wird, werf' ich den Namen hin,
wie der Henker ein abgeschlagenes Haupt dem Volke hinwirft!

Didier (der gleichzeitig aufgestanden). Und für die Unter=
lassung solches Scandals verlangen Sie, daß man einen
königlichen Verhaftsbrief bei der Marquise nachsuche?

Marquis. Nicht blos nachsuche, sondern erlange!

Didier. Gegen wen?

Marquis. Gegen den Abbé Robert von der Sauce!

Didier. Und wenn dies mißlingt, wenn man seine
Grundsätze geopfert und den Zweck nicht erreicht hat?

Marquis. Dann erscheint der Jugendfreund vor dem Gerichtshofe der frivolen Welt!

Didier. Schrecklich!

Marquis. Und bittet von Neuem demüthig um die Hand des Fräulein Melanie für seinen Sohn!

Didier. Ich will es versuchen! — Leben Sie wohl!

Marquis. Noch eins! Wenn Sie mir den Verhaftsbefehl bringen, bring' ich Ihnen Ihren Sohn!

Didier. Er lebt?

Marquis. Er lebt!

Didier (sein Gesicht bedeckend — dann). Seien Sie barmherzig! Knüpfen Sie mein Urtheil über Leben und Tod — denn ein solches würde es — nicht an eine Bedingung, die ich ohne Wunder nicht erfüllen kann!

Marquis. Sie waren auch nicht barmherzig! Ihr Sohn lebt auch nur durch ein Wunder!

Didier. Die Marquise schlägt mir unter dem entsetzlichsten Hohne meine Bitte ab!

Marquis. Desto schlimmer! Denn wir brauchen den Verhaftsbrief eben so nöthig, wie Sie Ihren Ruf der Tugendhaftigkeit!

Didier. Eine Frage noch! Wer hat sich meines Sohnes angenommen, was ist aus ihm geworden?

Achte Scene.

Tulpe — die Vorigen.

Tulpe. Der Herr Chevalier von Victor wird sogleich hier sein, gnädigster Herr Marquis!

Marquis. Davon später, Herr von Didier! Die Frau Marquise empfängt von sechs Uhr an, bis acht Uhr muß das Verlangte in meinen Händen sein — à propos! ich bitte Sie um die beiden Briefe, wir brauchen sie gegen den Fälscher!

Didier (giebt sie). Und es giebt keinen andern Ausweg?

Marquis. Keinen andern.

Didier (rasch ab).

Neunte Scene.

Marquis — Tulpe.

Marquis (setzt sich). Du hast ihn also gefunden, lieber Tulpe?

Tulpe. Zu Befehl, gnädigster Herr Marquis! (für sich) Lieber Tulpe?

Marquis. Wie geht es Dir, lieber Tulpe?

Tulpe (für sich). Noch einmal? Wie ist mir denn? (laut) Ich danke unterthänigst, gnädigster Herr Marquis, ziemlich gut.

Marquis. Ziemlich gut?

Tulpe. Oder auch sehr gut, wie Sie befehlen.

Marquis. Du bist zu höflich, guter Tulpe, Du antwortest, wie ein wohlerzogener Mensch: es geht Dir bei mir nicht ziemlich gut, es geht Dir ziemlich schlecht!

Tulpe. Gnädigster Herr! —

Marquis. Ich bin ein ungnädigster Herr, und Du hast volles Recht, Dich zu beschweren. Ich bin verzogen, Tülpchen, aber ich hab' es endlich einsehn gelernt, und ich werde mich bessern. Sei Du mir ferner ein getreuer Diener und ich werde Dir von jetzt an ein sanfter, freundlicher Herr sein, damit wir unsre alten Tage in Ruhe und Frieden mit einander verleben!

Tulpe. Der gnädige Herr Marquis sind in einer scherzhaften guten Laune.

Marquis. Nein, lieber Tulpe, es ist mir nicht scherzhaft zu Muthe! Schlechte Menschen haben mir so schweren Kummer bereitet, daß ich Zeit meines Lebens daran zu tragen habe. Bösewichter haben mir die werthvollsten

Papiere entwendet, ich bin arm geworden und muß von jetzt an mein Leben gar sehr einschränken — sei unbesorgt, Du wirst nicht darunter leiden, ich allein werde darben. Zwar befand sich auch mein Testament unter den Papieren, und in diesem Testamente ein reichliches Legat für Dich, denn obwol ich hart und heftig gegen Dich war, so meinte ich es doch innerlich gut mit Dir. Aber auch dies soll Dir wenigstens zum Theil ersetzt werden. Ganz freilich nicht, so viel indessen wird nach meinem Tode übrig bleiben, daß ein alter treuer Diener sein Auskommen behalte —

Tulpe (schluchzend). O niederträchtige Dummheit, o dumme Niederträchtigkeit, die sich selbst bestiehlt!

Marquis. Was sagst Du? Weine nicht, Tulpe! Was mir an Wohlbehagen abgeht, das wollen wir einander durch Freundlichkeit ersetzen!

Tulpe. Oh, oh, oh! Pfui, pfui, pfui! Gnädigster Herr Marquis, darf ich Sie um eine Vergünstigung bitten?

Marquis. Sprich, lieber Tulpe, das darfst Du von jetzt an immer; was wünschest Du?

Tulpe. Ich bitte um eine derbe Tracht Stockprügel, ich hab' sie verdient.

Marquis. Nicht doch, Tulpe, solche rohe Behandlung hat für immer aufgehört!

Tulpe. Lassen Sie mir die Prügel zukommen, gnädigster Herr, sonst bringt's mich um!

Marquis. Das wird's nicht! Die sanfte Behandlung echauffirt Dich noch, daran bin ich schuld, aber das wird sich geben, beruhige Dich!

Tulpe. O Jesu, o Jesu, wenn ich das gewußt hätte!

Marquis. Laß es gut sein, lieber Tulpe, ich weiß, daß Du Dir eine große Unvorsichtigkeit vorzuwerfen hast, ohne welche die Entwendung jener Papiere nicht möglich gewesen wäre —

Tulpe. Gnädigster Herr —

Marquis. Ich weiß das Alles; aber ich weiß auch, daß ich an alle dem selber schuld war, weil ich Dich gröb=

lich behandelte und Dich mit Gewalt gleichgültig machte in
Deinem Dienst. Das ist vergessen, und wir wollen uns
Beide ändern. Versprich mir nur, mit dem Abbé von
der Sauce nicht mehr zu verkehren, er verführt Dein kind=
liches Gemüth!

Tulpe. Das thut er! O Jesu, o Jesu, Sie kennen
auch den Abbé, gnädigster Herr!

Marquis. Ich kenne den ganzen Vorgang ganz
genau, lieber Tulpe, lassen wir das ruhn, das ist nicht
mehr zu ändern. Es ist auch ganz unnütz, daß der Herr
Baron, der Wechsel bei den Papieren liegen hatte, 200
Louis Belohnung ausgesetzt hat für Wiedergewinnung der
Papiere, das ist ganz unnütz, denn dieser Abbé hat mehr
als ein Mauseloch, in welches er seinen Raub verbirgt;
es würde gar nichts helfen, in seine Wohnung zu dringen.

Tulpe. Nein; denn er schläft nicht in seiner Wohnung;
aber ich weiß, wo er schläft!

Marquis. Laß das! Es hilft uns nichts! Er wird
sich so gebettet haben, daß er beim geringsten Angriffe
flüchten oder Hülfe errufen kann.

Tulpe. Nein, nein, es ist hier das kleine Haus
neben dem königlichen Collegium, da schläft er im oberen
Stock! Und ich kenne das Zeichen, auf welches er unbesorgt
öffnet!

Marquis. Lassen wir ihn! Er mag seinen Raub
genießen, so weit es ihm sein Gewissen gestattet.

Tulpe. Bitte unterthänigst, Herr Marquis, mich die
200 Louis verdienen zu lassen! Die Sache ist erst heut
Morgen geschehn, und wir finden gewiß noch Alles —

Marquis. Nein, nein! Sorge dafür, daß er meine
Schwelle nicht mehr betritt, und bestelle mir jetzt meine große
Carosse her, ich will auf's Schloß fahren. — (Tulpe will
ihm die Hand küssen.) — 's ist gut, Tulpe, 's ist gut! eile
nach dem Wagen! (Tulpe ab).

Tulpe (im Abgehn). Heiliger Antonius, was bin ich
dumm gewesen! (Ab.)

Zehnte Scene.

Marquis (allein).

Marquis. Da wüßt' ich, was ich brauche, Du
Schuft! 's wär' doch arg, wenn die Diener wirklich klüger
würden als wir! — Du sollst Dich wundern, Tülpchen!
Wenn's nicht gelingt — und es wird nicht gelingen —
bei der Marquise, so müssen wir versuchen, durch einen
bewaffneten Ueberfall der Briefe habhaft zu werden — jetzt
sind's nur noch vierzig! (Er steckt die beiden Ditier'schen und den auf
dem Tisch zu sich.) Aber was hilft uns das! Denn wenn die
Canaille nicht für immer unschädlich gemacht wird, so giebt's
für Melanie keinen Frieden, und wenn ich ihn niedersteche,
so verbannt mich der König vom Hofe. Es kann Niemand
helfen als die Marquise! — Kommen wir diesmal zu
Rande, dann lohnte es wirklich der Mühe, daß wir uns
besserten! Ich fürchte, es wird keine Besserung nöthig
werden! (zum eintretenden Chevalier:) — Guten Abend,
Chevalier!

Elfte Scene.

Chevalier — Marquis.

Chevalier. Sie haben befohlen, Herr Marquis!
Marquis. Ich bitte! — Die Dinge hier, lieber
Chevalier, haben sich zu unsern Gunsten geändert. Die
Heirath ist gesprengt und Melanie selbst hat es gewünscht!
Chevalier. Sie hat es mir gesagt!
Marquis. Ah, charmant! Ihr also seid einig?
Chevalier. Keineswegs!
Marquis. Wie so?
Chevalier. Wir sind am Ende des Anfangs: sie

will zwar Didier nicht heirathen, aber auch mich nicht.
Sie will gar nicht heirathen!

Marquis. Sie ist ihrer Mutter Tochter — das
wird sich geben!

Chevalier. Ich wüßte nicht wie!

Marquis. Ein Mädchen heirathet, weil es verliebt
ist, oder weil es eitel ist, oder weil es furchtsam ist.

Chevalier. Verliebt ist sie nicht!

Marquis. Eitel ist sie nicht mehr seit dem Schreck
mit Didier, furchtsam wird sie werden, wenn sie die große
Welt sieht, und dann —

Chevalier. Wird sie mich heirathen? Sehr
schmeichelhaft für mich!

Marquis. Wenn Sie einen großen Gewinn in der
Lotterie haben können, kommt's Ihnen darauf an, ob die
Zahl 3 heißt oder 5? Melanie liebt doch Niemand als
Sie, sie weiß es nur noch nicht. Wär's nur das! aber
alles Uebrige, Freundchen, steht sehr schlecht! Erst haben
wir Berge abzutragen, ehe von Ihrer Heirath die Rede
sein kann. Heute Abend noch müssen diese Berge abgetragen
werden, morgen früh ist's zu spät. Und hätten wir das
erstaunlichste Glück, so sagt dann noch der Baron: der
junge Didier müsse wieder um Melanie anhalten, und Sie
seien der Chevalier von Habenichts, dem er seine Tochter
nicht gäbe. Für Sie also müßten wir auch noch ein Ver=
mögen auffinden, denn das meinige ist auf Melanie
geschrieben; ich habe nichts mehr zu vergeben.

Chevalier. Warum wollen Sie sich mit Unmög=
lichkeiten quälen, mein wackrer Wohlthäter! Lassen Sie mich
zur Armee abgehen, ich bin hier nur im Wege!

Marquis. O pfui, Victor! Ausreißen vor Schwierig=
keiten, pfui! und das will mein Pflegesohn? Fechten, so
lange man athmet, ist ritterlich. Also zunächst an den
Hauptfeind; dies ist der Abbé. Dafür haben Sie und
Melanie ihre vorgeschriebene Arbeit!

Chevalier. Und welche?

Marquis. Ihr fahrt mit mir auf's Schloß zur Marquise —

Chevalier. Zur Marquise? Wissen Sie, was sie für Absichten mit Melanie hat?

Marquis. Wenn sie diese Absichten nicht hätte, dann könnte Melanie gar nichts bei ihr ausrichten! Man erreicht immer nur etwas bei Leuten, die auch von uns was zu erreichen hoffen. Sie sind in demselben Falle, Victor! Die Marquise will Ihnen wohl, und wünscht, daß Sie ihr auch wohl wollen. Nun zeigt, daß Ihr meine Kinder, meine würdigen Lieblinge seid; daß Ihr zu leben wißt! Man schlägt nichts ab, was man nicht auf der Stelle zahlen muß, und man nimmt und rechnet nichts an, als was man auf der Stelle erhält! Verstehen Sie? Ihr seid die Liebenswürdigkeit und die sicherste Aussicht selber für die Marquise, und Ihr verlangt nichts dafür, als eine veritable lettre de cachet gegen den Abbé von der Sauce; aber diese auf der Stelle. Die müssen wir noch heute Abend haben, oder es ist Alles verloren. Verstehen Sie mich ganz, Victor?

Chevalier. Vollkommen.

Marquis. Wollen Sie in diesem Sinne Melanie unterrichten?

Chevalier. Nicht gern; es ist Unsauberkeit darin.

Marquis. Wollen Sie mir's zu Liebe thun, Victor? Ich bitte Sie darum. — Wollen Sie?

Chevalier (verbeugt sich).

Marquis. Ich danke, Victor, und nun überzeugen Sie Melanie, daß ohne diesen Verhaftsbrief ihr Vater, ihre Mutter, dies ganze Haus ruinirt ist! Jener Mensch ist — unter uns gesagt — im Besitz der wichtigsten Familienpapiere, und können wir ihn nicht heute Abend noch verhaften, so sprengt er morgen dies Haus in die Luft. Verunglücken unsre Gesuche bei der Marquise, so erfährt er sie auch, und handelt ohne Verzug. Sie wissen, daß ich Unheil niemals übertreibe, wohl aber verkleinere.

Chevalier. Das weiß ich!

Marquis. Dies ist der Operationsplan! (nach der Uhr sehend) Jetzt ist's sechs Uhr! Wir haben zwei Stunden Zeit, erst um acht Uhr pflegt der König zu kommen, in zwei Stunden kann man eine Welt auf den Kopf stellen. Also Entschlossenheit, Victor! Sturm auf die noch schöne Marquise! Was für Galanterien zu haben ist, das ist wohlfeil! Topp? (Die Hand bietend.)

Chevalier (einschlagend). Topp!

(Sie wenden sich zum Gehen.)

Zwölfte Scene.

Tulpe (tritt ein und überreicht dem Marquis ein Billet) — die Vorigen.

Tulpe. Der Wagen ist vorgefahren, gnädigster Herr Marquis!

Marquis (hastig öffnend und laut lesend). „Die Gesell= schaft für heute Abend bei der Frau Marquise von Pom= padour ist wegen Unwohlseins der Frau Marquise abge= sagt!" — Pardieu, nun ist's vorbei. (zu Tulpe) Fort! (Tulpe ab. Der Marquis nimmt den Chevalier bei der Hand und führt ihn rasch bis in den Vordergrund; dann läßt er ihn los und sagt) Victor, Du bist der Sohn meines Herzens. Sorge für mein Andenken, wenn mir was Menschliches begegnet! — Was mir heilig gewesen im Leben, es ist bedroht durch einen gemeinen Intriganten; was uns auszeichnet als Leute von Herz und Geist und Welt, es ist ebenfalls bedroht. Victor, sorge für mein Andenken! Uebernimm die rächende Strafe, wenn ich verunglücke. Willst Du? sprich.

Chevalier. Ich will's.

Marquis. Wohlan! Der Kopf dieses Schurken oder der meine muß verloren sein. Und nun vorwärts! Es lebe der leichte, aber tapfere Sinn!

(Sie wenden sich; der Vorhang fällt.)

Fünfter Act.

Großes, hell erleuchtetes Empfangzimmer bei der Marquise von Pompadour. Offene hohe Glasthür im Hintergrunde, durch die man in eine unabsehbare Reihe erleuchteter Gemächer sieht. Links an der Seite eine Thür, rechts an der Seite ein Fenster.

Erste Scene.

Abbé (tritt durch die Glasthür im Hintergrunde ein, ihm folgt) — Dominique.

Abbé. Fragen Sie an, ob ich eintreten könne!

Dominique (verbeugt sich und geht links in die Thür).

Abbé (hin und her gehend). Die Marquise will die Hülfsmittel kennen, durch welche ich die Didier'sche Heirath so schnell gesprengt — das geht nicht! Man muß sich auch von seinem Partner nicht in die Karten sehen lassen! Die Leute sind dort so gut an einander gehetzt, daß ich keine weitere Hilfe brauchen werde, meine einfältige Baronin sorgt für Alles; sie verdirbt ihnen jedes Gegenmittel, wenn ein neuer Brief von mir kommt. 's giebt keine wohlfeilere Münze, als die Gewissensscrupel! Das Geheimniß der Marquise anzuvertrauen, daß es stadt= und landkundig werde, das ist erst nöthig, wenn meine Drohungen nicht mehr genug wirken. Und ich denke, sie sollen morgen früh die Sache zu Ende bringen!

Dominique (zurückkommend). Die Frau Marquise erwartet Sie.

Abbé. Sie hat doch die Gesellschaft aus der Stadt absagen lassen?

Dominique. Ja, Herr Abbé.

Abbé. Sollte doch Jemand kommen, melden Sie heute Abend Niemand mehr, verstehn Sie mich? Besonders Niemand von Baron Gérard, am allerwenigsten den Marquis von Brissac. — Da fährt eine Carosse vor! (Sie gehen nach dem Fenster.) Um welche Stunde kommt der König, seine Partie zu spielen?

Dominique. Vor acht Uhr.

Abbé. Jetzt ist's nach sieben — also für diese Stunde sorgen Sie streng!

Dominique (verbeugt sich).

Abbé (aus dem Fenster sehend). Richtig, das ist die Carosse des Marquis! Und sie ist ganz voll! Der will einen Sturm versuchen! (lachend) Man weis't auch Marquis von der Schwelle! Nicht wahr, Dominique?

Dominique (verbeugt sich).

Abbé. Also kurz, die Marquise ist krank, empfängt Niemand, Basta. (Der Abbé geht in die Thür links; Dominique geht nach hinten, um hinauszutreten — an der Thür begegnet ihm der Marquis, der ohne Weiteres eintritt.)

Zweite Scene.

Marquis — Dominique.

Marquis. Melden Sie mich eiligst bei der Frau Marquise!

Dominique. Die Frau Marquise sind krank.

Marquis. Ich weiß es, die Sache eilt!

Dominique. Die Frau Marquise empfangen Niemand.

Marquis. Das weiß ich! Eilen Sie, mich zu melden!

Dominique. Bitte um Vergebung, ich darf Niemand melden.

Marquis (zieht seine Börse aus der Tasche und giebt sie ihm). Sagen Sie, ich hätte nur zwei Worte, aber von größter Wichtigkeit mitzutheilen — (da Dominique sich nicht rührt) — von Wichtigkeit für die Frau Marquise!

Dominique (zuckt die Achseln).

Marquis. Was heißt das? Dahinter steckt mehr! Der nichtswürdige Abbé ist wol hier gewesen? — Sie schweigen? Er ist wol noch hier? Pardieu! — Sagen Sie doch den Herrschaften unten in meinem Wagen, sie möchten sich die Zeit vertreiben, so gut sie könnten, es würde eine Weile dauern!

Dominique (verbeugt sich und geht bis an die Thür, die er nur ein Wenig öffnet, „André!" rufend. So scheint er den Auftrag weiter zu bestellen, und kommt rasch zurück). Ich hab' es bestellt, Herr Marquis!

Marquis (hin und her gehend). Es erwarten Sie bei meinem Portier 100 Louisd'or, Dominique, wenn Sie mir Zutritt verschaffen; werden Sie?

Dominique (achselzuckend). 's wird schwer werden!

Marquis. Um welche Zeit kommt der König zur Partie?

Dominique. Um acht Uhr!

Marquis (nach der Uhr sehend). Nach sieben! Bleibt der Abbé noch lange drinnen?

Dominique. Ich glaube nicht! Davon hängt's ab, und wenn ich unterthänigst bitten dürfte —

Marquis. Daß ich mich nicht von ihm sehen ließe! Das geht nicht, mein Lieber, ich verstecke mich nicht. Sagen Sie ihm, Sie hätten mich abgewiesen, und ich warte auf den König; das wird ihn beruhigen. Denn er weiß, daß der König solchen Ueberfall sehr ungnädig aufnehmen würde. (Er setzt sich.)

Dominique. Zu Befehl, Herr Marquis!

Dritte Scene.

Abbé — die Vorigen.

Abbé (heraustretend, sieht fragend Dominique an, als er den Marquis, welcher ihm den Rücken kehrt, erblickt).

Dominique (leise). Er ist abgewiesen!

Marquis (sich umwendend). Sieh da, Herr Abbé! Leute, die das Gewissen berathen, sind doch die glücklichsten: sie werden immer zugelassen!

Abbé. Die Frau Marquise ist krank, Herr Marquis.

Marquis. Ich höre mit Bedauern, und es bleibt mir nichts übrig, als auf Seine Majestät den König zu warten; Sie, Herr Abbé, müßten mir denn zu Hülfe kommen!

Abbé. Ich wüßte nicht, worin ich dem Herrn Marquis dienen könnte!

Marquis. Ein Mann, wie Sie, kann Viel! (zu Dominique:) Einen Stuhl für den Herrn Abbé!

Abbé (indem er sich setzt, macht er dem Diener ein Zeichen, hinauszugehen). — (Dominique ab.)

Vierte Scene.

Marquis — Abbé.

Marquis. Sie werden gehört haben, was sich im Hause des Herrn Baron Gérard zugetragen hat!

Abbé. Nicht daß ich wüßte.

Marquis. So? Ach Sie kümmern sich nicht um weltliche Dinge!

Abbé. Nein.

Marquis. Ah?! — Ein Spaßvogel, welcher die Schwäche der Frau Baronin kannte, hat große Verwirrung

in jenes Haus gebracht. Er hat vorgegeben, eine Samm=
lung alter Briefe zu besitzen, welche die Familie bloßstellen
könnte, und dadurch ist die schwache Baronin dergestalt
erschreckt worden, daß sie vor einer Viertelstunde einem
Nervenschlage erlegen ist.

Abbé. Todt?

Marquis. Todt!

Abbé. Herr Marquis!

Marquis. Herr Abbé?

Abbé. Wozu so starke Mittel?

Marquis. Sie irren sich sehr in den Dingen, und
irren sich sehr in mir! Ich bin kein Spaßmacher. Nach
diesem plötzlichen Todesfalle sind mir persönlich die so=
genannten Geheimnisse jener Briefe vollkommen gleichgültig,
und ich biete jetzt Alles auf, ich biete jetzt rücksichtslos
Alles auf, jenen Störenfried zur Verantwortung und zu
exemplarischer Bestrafung zu ziehen.

Abbé. Das machen Sie ganz recht.

Marquis. Sie halten das für schwer oder un=
möglich?

Abbé (die Achseln zuckend). Ich verstehe mich nicht darauf.

Marquis. Es ist schwer, mein Werthester, weil der
Störenfried mächtige Beschützer hat; aber wenn man Alles
daran setzt, so ist's nicht unmöglich. Sie kennen mich?

Abbé. Ich habe die Ehre.

Marquis. Nun, Herr Abbé, so wie Sie in mir
einen altfranzösischen Edelmann kennen, so werden Sie von
dieser Stunde an in mir einen Mann kennen lernen, der
seinen Rang, sein Vermögen, sein Leben dran setzt, den
erwähnten Spitzbuben an Leib und Leben zu züchtigen!

Abbé. Das ist schlimm für den Mann, der sich
solchen Zorn zugezogen hat.

Marquis. Er wird bald anders sprechen, verlassen
Sie sich darauf! und zwar aus folgenden Gründen: Er
ist entweder ein Fälscher, der die Briefe geschmiedet hat,
oder er ist ein Spitzbube, der sie gestohlen. Angewendet

hat er sie dergestalt, daß eine vornehme Frau daran gestorben ist — dies stempelt ihn vor Gericht vollständig
zur Galeerenstrafe. Herr von Didier reicht bereits morgen
diese Capitalklage dem Parlamente ein.

Abbé (lächelnd). Herr von Didier?

·Marquis. Verrechnen Sie sich nicht! Herr von
Didier macht kein Geheimniß aus diesen zwei Briefen,
welche ihm zugeschickt worden sind; er hat sie schon an die
Familie ausgeliefert (sie hervorziehend), hier sind sie! Mein
Diener Tulpe ferner macht kein Geheimniß aus seiner Mit=
schuld am Diebstahle, der heute Morgen vor sich gegangen,
und da wir einmal die Sache den öffentlichen Lauf gehen
lassen, so können Sie mit Sicherheit auf die Züchtigung
rechnen. Diese Züchtigung wird nicht wenig dadurch ver=
stärkt werden, daß derselbe Spitzbube heute Mittag einen
gewaltsamen Versuch gemacht hat, Fräulein Melanie zu ent=
führen, für sich zu entführen, nicht für irgend sonst Jemand,
wie der Spitzbube zu seiner Entschuldigung angeben wird.
Die Diener im Hause des Herrn Barons sind der Mit=
schuld geständig.

Abbé (für sich). Fatal! (laut) Es steht sehr schlimm
um den Mann! Und der Herr Marquis wünschen vielleicht,
daß ich die Frau Marquise um Unterstützung des Rechts=
ganges bitte?

·Marquis. Nein, mein Werthester, das wünsch' ich
nicht; denn das kann ich selbst, wenn auch nicht heut' Abend.
Es wird auch noch auf anderem Wege dem Könige mit=
getheilt werden, welche Frechheit man einer der ersten
Familien anthun will; auch wird Herr von Didier amtlich
Audienz nachsuchen beim Könige, und man wird des Wegs
durch diese Gemächer nicht bedürfen. Ich sage Ihnen das
Alles nur, um Ihnen zu zeigen, daß jetzt nach dem Tode
der Baronin und nach dem gefaßten Entschlusse, keine
Oeffentlichkeit zu scheuen, der Mann seinem Schicksale nicht
entgehen kann.

Abbé. Wer könnte das!

Marquis. Ist es Ihnen deutlich?

Abbé. Vollkommen.

Marquis. Nun, dann werden Sie meinen folgenden Vorschlag zu würdigen wissen!

Abbé. Einen Vorschlag?

Marquis. Ich biete diesem Manne, diesem verlornen Manne eine Belohnung von 100,000 Francs, und verspreche ihm, alle gerichtliche Untersuchung und Verfolgung zu unterdrücken, wenn er binnen jetzt und einer Stunde die noch übrigen 40 Briefe durch meinen Diener Dulpe mir einhändigen läßt. — Nun?

Abbé. Herr Marquis?

Marquis. Sie sind unsicher über die Einhändigung des Geldes? Mein Ehrenwort als Edelmann darauf, daß ich mit der einen Hand die Briefe nehme, mit der andern Hand die Summe Ihnen zahle.

Abbé. Mir? Wie käme ich dazu?

Marquis. Sie weisen auch diesen Ausweg zurück?

Abbé. So klar mir alles Uebrige war, so wenig versteh' ich diese letzte Wendung!

Marquis (aufstehend). Das aber sollen Sie verstehen, wenn ich Ihnen — falls binnen einer Stunde die Briefe für jenen Preis nicht in meinen Händen sind — diesen Degen durch den Leib renne, wo ich Ihnen von morgen an zum ersten Male begegne, sei's auf der Straße, sei's hier im Schlosse des Königs.

Abbé. Sie sind durch den unglaublichen Todesfall außer sich gesetzt, und ich hoffe, das wird sich wieder geben, oder der König wird Ihnen helfen. Ich empfehle mich! (Ab.)

Fünfte Scene.

Marquis — (bald darauf) **Dominique.**

Marquis. Die Canaille glaubt nicht an den Tod der Baronin und weiß, daß wir in jedem Falle die Oeffent-

lichkeit scheuen. Die Sache wächst mir über den Kopf!
(Er geht nach der Thür, durch welche ihm D o m i n i q u e entgegentritt.)

D o m i n i q u e. Jetzt will ich es wagen, Herr Marquis,
Sie zu melden!

M a r q u i s. A propos, hat sich Herr von Didier noch
nicht sehen lassen?

D o m i n i q u e. Er war eben da, und ich hab' ihn
abgewiesen; ich wußte nicht —

M a r q u i s. Ja wohl, er gehört zu meiner Gesell=
schaft. —

D o m i n i q u e (umkehrend). Er muß noch auf der Treppe
sein —

M a r q u i s. Lassen Sie die Herrschaften in meiner
Carosse auch heraufsteigen!

D o m i n i q u e. Zu Befehl, Herr Marquis! (Ab.)

Sechste Scene.

M a r q u i s (allein).

M a r q u i s. Dieser Didier kann den Angriff eröffnen;
er kommt am Wenigsten zum Ziele, aber ein Tropfen mehr
ins Glas, das überfließen soll, ist doch von Nutzen. Er
soll die Marquise dadurch in gute Laune versetzen, daß
sie i h m, einem Parlamentsrathe, den Verhaftsbrief ab=
schlagen kann. Und die Schmach der Verhöhnung hat er
verdient.

Siebente Scene.

D i d i e r — D o m i n i q u e — M a r q u i s.

D o m i n i q u e (geht sogleich in die Thür links).

M a r q u i s. Sie waren wol schon vergnügt, abgewiesen
zu sein, Herr Parlamentsrath?

D i d i e r. Spotten Sie nicht, Herr Marquis! Sie

haben mich in eine Lage versetzt, deren Schmach auf beiden
Seiten gleich groß ist.

Marquis. Und Sie wollen doch lieber ein politisches
Princip opfern, als allen Ruf von Tugendhaftigkeit! Das
find' ich ganz in der Ordnung!

Dominique (zurückkommend und die Thür links offen haltend):
Herr von Didier! — Die Frau Marquise haben aber nur
wenig Minuten Zeit. — (Didier ab.)
(Während Didier links eintritt, kommen durch die Glasthür im Hintergrunde
Melanie und der Chevalier.)

Achte Scene.

Marquis — Chevalier — Melanie — Domi-
nique (die Glasthür öffnend und offen haltend, und im darauf folgenden Zimmer auf und ab gehend).

Marquis (entgegen gehend). Wir haben wenig Aussicht, Kinder!

Chevalier. Auch hier ist wenig Aussicht: Melanie
will mich eben so wenig heirathen, wie Didier!

Melanie. Das ist nicht wahr, Victor! Ich würde
Niemand so gern heirathen, als Dich, wenn ich überhaupt
heirathen wollte; aber das will ich eben nicht. Der heutige
Tag hat mir solch eine Angst vor allen Männern einge-
flößt, daß ich mich vor allen fürchte. Sei nicht bös',
Victor, vor Dir fürcht' ich mich am Wenigsten, aber ich
fürchte mich doch auch!

Marquis. Kinder, was seid Ihr wunderlich! Ich
bitte Sie, Melanie, erschweren Sie nicht eine Lage, die
ohnedies übel genug ist, und die nur einigermaßen gebessert
werden kann, wenn allen Nachstellungen durch schnelle Heirath
ein Ende gemacht wird. Sie wissen, daß Ihre Mutter
daheim sich in dem aufgeregtesten Zustande befindet; daß
dieser Zustand durch den Bruch der Verbindung mit Didier
zum Aeußersten gesteigert ist; daß wir Unerhörtes zu besorgen

haben, wenn sie nicht schnell über Ihre Zukunft beruhigt und dadurch auf andre Gedanken gebracht wird.

Chevalier. Wir verschwenden Worte und Bemüh= ungen, wo es an dem Einen fehlt, was ein Mädchenherz lebendig und mächtig macht. Melanie ist lieblos.

Melanie. Victor!

Chevalier. Ja, Melanie, Du bist ohne Liebe! Aeußerem Flitter zu Gefallen warst Du im Begriff, Didier zu heirathen, und schrafst zurück, als der Flitter bedroht schien. Deshalb, und nicht um einer innerlichen Neigung halber, flüchtetest Du an meine Brust. Du bist innerlich frei und leer; Du kennst ihn nicht, den unwiderstehlichen Zauber der Hingebung; Du tändelst oder berechnest; Dein Herz ist ohne Drang, und es wäre ein Frevel von mir, noch länger um Deine Hand zu werben; ich gebe sie auf für immerdar! (Victor geht nach hinten.)

(Pause.)

Melanie (leise vor sich hin sprechend). So ist es nicht.

Marquis. Sie haben Unrecht, Victor! So was Entscheidendes muß man nicht aussprechen, auch wenn man's glaubt. All' unsre Verhältnisse stehen an einem Abgrunde: lenken wir nicht absichtlich die Blicke auf ihn, damit wir nicht schwindlig werden und vor der Zeit hinabstürzen. Seien wir muthig! Machen wir uns Hoffnung, wo das Schicksal uns die Hoffnung versagt, so sind wir größer als das Schicksal. Das Schicksal ist unsre Erde; es ist eine Kugel, es wendet sich unaufhörlich; überdauern wir fest die drohenden Augenblicke, morgen vielleicht schon liegt eine andere Aussicht vor uns!

Melanie. Seien Sie mir nicht böse, lieber Pathe, wenn ich nicht gleich zu helfen und zu sagen weiß, woran es liegt. Aber Victor ist garstig und hat Unrecht, und ich bin nicht lieblos, das fühl' ich!

(Es klingelt links, Dominique kommt und tritt links hinein.)

Marquis. Lassen wir das jetzt, Melanie; Worte erledigen's nicht. Didier wird verabschiedet, an Ihnen ist die Reihe. Seien Sie klug, seien Sie munter, widersprechen Sie dieser Dame in nichts, zeigen Sie sich willfährig in Allem, aber bestehen Sie fest auf dem Verhaftsbriefe gegen den Abbé!

Melanie. Ach, das ist ein schwerer, ängstlicher Gang! Was kann ich versprechen?! Womit kann ich sie bewegen!?

Neunte Scene.

Didier (sehr erhitzt) — die Vorigen.

Marquis. Nun, Herr von Didier, ist's Ihnen gelungen?

Didier (umhergehend). Nein! Nein! Im Gegentheile — o bittre, bittre Schmach!

Dominique (links aus der Thür kommend, die Thür offen haltend). Fräulein von Gérard!

Melanie. O mein Gott! Victor, komm mit mir, laß mich nicht allein!

Marquis. Er folgt Ihnen auf dem Fuße! Melanie, fassen Sie Muth! Sie haben Muth!

(Melanie geht hinein.)

Zehnte Scene.

Die Vorigen, ohne Melanie — Dominique (zieht sich wieder in die offenen Vorzimmer zurück).

Marquis. Und Sie haben nichts ausgerichtet, Herr von Didier?

Didier (sein Gesicht mit den Händen bedeckend). Hohn und Schmach hab' ich gefunden! — Verzeih' es Ihnen Gott, wozu Sie mich verleitet!

Marquis. Verzeih' es Ihnen Gott, was Sie an Louison gethan! Sie ernten nur, was Sie verschuldet!

Was hat aber die Jugend verschuldet, die uns umgiebt, und die so bitterlich leidet von den leichtsinnigen Streichen der alten Herren? Rathlos sind wir ringsum!

D o m i n i q u e (der einen Augenblick unsichtbar gewesen ist, tritt ein). Ein Billet ist für Sie abgegeben worden, Herr Marquis! (Er übergiebt es und zieht sich wieder zurück.)

D i d i e r. Was verlangen Sie noch von mir? Lassen Sie mich von dannen gehn mit meinem Jammer!

M a r q u i s (der unterdessen lies't). Was ich noch verlange? Haben Sie denn schon etwas gewährt? Helfen sollen Sie uns, denn wir sind in höchsten Nöthen! Der Baron schreibt mir eben, daß der Bösewicht wieder im Hause gewesen ist, während wir hier sind; daß er die Baronin gesprochen hat; daß diese nicht mehr zu beruhigen ist; daß sie ihn beauf= tragt hat, einen königlichen Machtbefehl gegen den Baron zu erwirken, damit er sie morgenden Tags mit Melanie ins Kloster ziehen und öffentliche Beichte ablegen lasse vor aller Welt. Solche Buße allein könne sie beruhigen. — Die Welt ist verrückt, und die französischen Edelleute sind solche Wichte geworden, daß sie ein Pfaff am Narrenseile führen kann! Die Alten sind alt, und die Jungen sind matt; Frankreich geht unter!

C h e v a l i e r. Lassen Sie uns ihn aufsuchen, Marquis, diesen nie ruhenden Schurken!

M a r q u i s. Ein Wort, ein Mann!

C h e v a l i e r. Und wo wir ihn finden, ihm ein Ende machen!

M a r q u i s. Recht, Victor, das wollen wir!

D i d i e r. Ich warne Sie vor ungesetzlichen Schritten!

M a r q u i s. Es giebt höhere Gesetze, als die geschriebenen, das haben Sie Zeit Ihres Lebens vergessen! Heut' Abend noch muß Alles beendigt sein, so wahr wir französische Edelleute sind! Seien Sie von acht Uhr an mit Ihrem Sohne Prosper im Hause des Barons, Herr Parlaments= rath! Auch Ihre Angelegenheit kommt dort zur Entscheidung!

Eins ist gewiß: Ihr Sohn Prosper muß von Neuem um
Melanie anhalten, das ist unerläßliche Bedingung.
(Man hört links Melanies Stimme „Victor, Victor!" rufen.)

Chevalier. Das ist Melanie, die um Hülfe ruft!
(Er eilt in das Zimmer links.)

Dominique (eilt von außen herbei, um ihm zuvorzukommen,
mit dem Rufe): Herr Chevalier! (es ist aber zu spät, und er wendet
sich zum Marquis:) Herr Marquis!?

Marquis. Laß mich in Ruh', was weiß ich! Es
bedeutet auch für uns nichts Gutes! Ich halte Sie hier
nicht auf, Herr von Didier! Und ich fürchte, hier entwickeln
sich feindliche Scenen, statt gnädiger. Stellen Sie sich
ein beim Baron, was kommen wird, weiß Gott oder der
Teufel!

Didier (sich zum Gehen wendend). Was wird aus mir?!

Marquis. Was wird aus uns? Staub für die
Winde! Gut, daß Sie mich daran erinnern, um so weniger
Umstände macht man auf Erden!
(Didier ab.)

Elfte Scene.

Marquis — Dominique — Chevalier — Melanie.

(Letztere beiden kommen hastig aus der Thür links.)

Chevalier. Beruhige Dich, Melanie, beruhige Dich!

Melanie. O Victor, Victor, welch eine Welt!

Marquis. Pardieu, was hat's denn gegeben!

Chevalier. Es ist Alles vorbei; sie ist wüthend
auf uns!

Melanie. Welche Reden! Welche Zumuthungen! O
Victor, Pathe, schützen Sie mich!

Marquis. Reden und Zumuthungen, wer erschrickt
davor, wenn die schlimmste Katastrophe uns bedroht! Adieu,
altes Frankreich! Deine Jugend ist ein ander Geschlecht,
prüde und ungeschickt!

Chevalier. Ja, wir sind ein ander Geschlecht, und es ist unser Stolz, es zu sein. Jungfräulicher Sinn ist uns heilig, frivoles Spiel ist uns zuwider, müßten wir auch dulden und leiden um dieser Gesinnung willen.

Melanie (Victor umarmend). Ja, Victor, wir wollen lieber dulden und leiden! Was sollen uns die Vortheile einer Welt, welche ein trügerisches Spiel treibt mit unsern edelsten Gefühlen. Wir wollen lieber arm bleiben, arm, aber brav!

Chevalier. Gott segne Dich für diese Wallungen eines unverdorbenen Herzens! Ja, lieber arm, aber brav, Melanie.

Melanie. Victor, mein Victor! Sie haben mir das Herz verschleiert, so dicht verschleiert, daß ich es selbst nicht mehr kannte, jetzt aber in der Noth spricht es laut, unwider= stehlich laut, und jetzt weiß ich's, mein Victor, Dich allein lieb' ich, Du allein bist gut und treu! Du allein wirst mich schützen gegen die schreckliche Welt, die uns umgiebt! (Sinkt ihm in die Arme.)

Chevalier. Ja, Melanie, das werd' ich, so mir Gott helfe. Wir wollen an Lauterkeit und Wahrheit halten, wenn auch ein Heer von Feinden uns umringt. (Pause.)

Marquis. Wohl denn! daran wird's Euch nicht fehlen — seid wenigstens ganz, was Ihr sein könnt!

Dominique (an der Thür links). Die Frau Marquise selber!

Marquis. Eilt in den Wagen hinunter, und wartet auf mich! Ich bitte! (Sie gehen.) Va banque denn, altes Frankreich! Alles gewinnen oder Alles verlieren!

Zwölfte Scene.

Marquise — Marquis.

(Dominique zieht sich zurück, ist aber hinten öfters zu sehen.)

Marquise (an der Schwelle der Thür links stehen bleibend).

Ist denn mein Haus ein Wirthshaus geworden, daß darin einkehrt, wer mag?

Marquis. Es ist das Haus meines Königs, und den such' ich!

Marquise (auf ihn zutretend). Welche Dreistigkeit, Herr Marquis von Brissac?

Marquis. Welche Zumuthungen an Fräulein von Gérard, Frau Marquise von Pompadour, geborne Poisson!

Marquise. Sind Sie thöricht geworden?

Marquis. Ist man thöricht, wenn man sich Ihres Herkommens erinnert?

Marquise. Das ist man wenigstens. Was ist vor= gegangen? Wo wollen Sie hinaus? Wissen Sie, wohin dieser Weg führt?

Marquis. Sie meinen, zur Bastille? Dahin such' ich einen Weg. Frau Marquise von Pompadour, betrachten Sie mich! Sie sehen einen altfranzösischen Edelmann vor sich, einen Pair des Reichs, der nichts mehr zu verlieren hat, als ein genossenes Leben; der nichts zwischen Himmel und Erde fürchtet, als die Unehre; der Ihnen zugethan war bis zu dieser Stunde, und der hieher kam, Ihnen eine Bitte ans Herz zu legen.

Marquise. Ich kenne sie.

Marquis. Und schlagen sie ab, das weiß ich.

Marquise. Und Sie hoffen, sie mir abzutrotzen!

Marquis. Mit nichten. Die Bitte hab' ich hinter mich geworfen.

Marquise. Was wollen Sie also?

Marquis. Ich will Ihnen einen Rath geben, Frau Marquise. Verachten Sie ihn nicht! Ich bin ein alter Herr, und gehe seit vierzig Jahren in diesem Schlosse aus und ein; ich habe den großen König noch gesehen: ich habe gesehen, wie man regiert; ich habe gelernt, was einem Königsschlosse frommt. Sie haben zum Vortheil Ihrer Schönheit eine kürzere Erinnerung.

Marquise. Zur Sache!

Marquis. Mir befiehlt Niemand, Frau Marquise, als mein König, und wenn Ihre Lebensart Ihnen nicht gestattet, mich ausreden zu lassen, so wird Ihr Lebens=schicksal binnen Kurzem den Nachtheil davon empfinden.

Marquise. Herr Marquis!

Marquis. Binnen Kurzem! Glauben Sie, der französische Adel sei gestorben, daß Sie dessen edelste Töchter wie Dirnen behandeln? Der große König beherrschte uns streng, aber durch erhabene Formen! Er erlangte Alles, aber durch Geist und Grazie, nicht durch gröbliches An=sinnen! Wissen Sie, Frau Marquise, was Sie binnen Kurzem vom Adel zu gewärtigen haben, wenn Sie in Ihrer jetzigen Bahn fortgehn?

Marquise. Nun? Sie kündigen mir wol eine Verschwörung an?

Marquis. Schlimmeres als eine Verschwörung! — Wohin haben Sie den Staat gebracht?

Marquise (plötzlich den Ton wechselnd und lachend). Den Staat? Ich? Was weiß ich vom Staate; ich, eine geborene Poisson, welche man die Schauspielerin von Ver=sailles nennt!

Marquis. Zur Principienlosigkeit haben Sie ihn gebracht! Er stützt sich auf nichts mehr! Gerade wie Sie in diesem Augenblicke die Rolle wechseln, so treiben Sie's mit Adel, mit Parlament, mit der Kirche, mit den Philo=sophen! Sie verlassen sich auf Ihr Genie; Sie geben sich Ihrem Genie hin! Heut ist es vornehm, morgen ist es lustig; heut ist es fromm, morgen ist es witzig! Was überaus liebenswürdig, was unwiderstehlich ist an der schönen Frau, das ist ein Unheil an der Regentin. So ist die Verwirrung entstanden: im Mai wird Voltaire beim Könige eingeführt, und neben der Kapelle der Frau von Maintenon werden Schauspielhäuser erbaut; im October führen Sie die ungeschicktesten Schüler der Jesuiten in dieses Schloß, und die Franzosen sollen par force fromm werden — was wird das, was heißt das?

Marquise. Rokoko heißt das! Ist's nicht amüsant?

Marquis. Charmant ist es, Frau Marquise! Aber die Nation erschlafft, der Adel verdirbt, und was kräftig in ihm verbleibt, wird roh, rottet sich zusammen und behandelt Sie eines Tages, wie den weiblichen Marschall d'Ancre.

Marquise. Sie wollen mich erschrecken, Marquis!

Marquis. Das will ich nicht; aber ich will Ihnen die Augen öffnen, denn ich verehre Ihre glänzenden Eigenschaften, und wenn ich ein Philosoph wäre, so würde ich Ihnen beweisen, wie Sie mit diesen Eigenschaften Frankreich und die ganze Welt beglücken könnten.

(Pause.)

(Sie sehen einander eine Weile an, und fangen dann Beide an zu lachen.)

Marquise. Sie sind ein heilloser Schalk, Marquis! Aber hüten Sie sich, mich noch einmal anzutreten, wie vorhin; ich möchte nicht immer die gute Laune darauf finden!

Marquis (lachend). Es ist mir vollkommener Ernst mit alle dem, was ich gesagt habe. Daß ich nicht lange ernsthaft bleiben kann, ist ein Familienfehler. Aber ernstlich! Kennen Sie das Sprichwort nicht: Wer die Franzosen fromm machen will, der geht zu Grabe? Fromm sein ist schön, fromm machen heißt Heuchler machen. Welche unselige Caprice haben Sie, vergeben Sie den Ausdruck, diesen groben Intrigant, den Abbé von der Sauce, halten zu wollen! Täglich verschafft er Ihnen zehn Feinde, und gewinnt nicht einmal die ordinärste Intrigue! Wie tölpelhaft ist er mit diesem Fräulein Gérard verfahren! Das ist ein unerfahren trotzig Kind; mit ein wenig Geschicklichkeit und Zeit brachte man's, wohin man wollte. Der Tölpel aber hat sie so erschreckt, daß sie jetzt auf einige Zeit jede Mannsperson fürchtet.

Marquise. Daran wäre der Abbé schuld?

Marquis. Ganz allein! Noch heute Morgen war das Mädchen der Uebermuth selbst.

Marquise. Nun, und seit heute Morgen?

Marquis. Haben die Frau Marquise dem Abbé aufgetragen, das Fräulein zu entführen?

Marquise. Warum nicht gar!

Marquis. Also bedient er Sie nicht nur schlecht, sondern betrügt Sie auch. Er ist auf eigne Hand ver= liebt und hat heute Mittag den gewaltsamsten Entführungs= versuch gemacht, hat uns, eine große Gesellschaft, einge= schlossen, die Dienerschaft bestochen, einen Wagen bereit gehalten — Alles am hellen Mittage — und mit der Unverschämtheit eines Banditen hat er den Angriff unter= nommen.

Marquise. Herr Marquis!

Marquis. Wäre es ihm gelungen, so hätten Sie ihn wahrscheinlich nie wieder gesehn; ich habe hinreichende Anzeichen, daß er eine Flucht über's Meer vorhatte.

Marquise. Was bauen Sie mir da auf, Herr Marquis!

Marquis. Das Ehrenwort eines alten Edelmanns darauf, daß ich Ihnen die Wahrheit sage! Hätte ich gewußt, daß Sie von diesem Menschen betrogen würden, so hätten Sie nicht so unverzeihlich starke Worte von mir gehört! Aber das ist es ja eben, was alle Familien in Bestürzung setzt: ein anerkannter Agent der mächtigsten Dame im Reiche verfährt wie der Janitschar eines türkischen Paschas, die edelsten Familien sehen sich bedroht, und glauben Sie, Frau Marquise, dabei thätig, sehen wenigstens alle Tage, daß Sie diesen Menschen um jeden Preis schützen! Zweifeln Sie nun noch daran, daß mehr als eine Verschwörung besteht? Und ich weiß, daß Sie solchen Ruf und solches Ende nicht verdienen.

Marquise. Solches Ende! Drohen Sie nicht, Mar= quis, sonst verfehlen Sie Ihren Zweck sicher!

Marquis. Ich habe Ihnen schon gesagt, daß ich keinen Zweck mehr habe, daß ich um nichts mehr bitte! Die Sache ist reifer als Sie glauben! Heute haben Sie einen Verhaftsbefehl gegen diesen Schurken verweigert, und von heute an sind französische Edelleute entschlossen, ihm auf offener Straße den Degen durch den Leib zu rennen, auf offner Straße ausrufend, daß solchergestalt jeder privilegirte Kuppler bestraft werden solle.

Marquise. Oh, die Bastille hat noch Raum!

Marquis. Keinen Zweifel! Aber sobald es eine Ehre wird, in der Bastille zu wohnen, wird es auch gefährlich im Rez de Chaussée des Schlosses von Versailles zu wohnen!

(Pause.)

Marquise (ihn fixirend). Lassen wir die Uebertreibungen! Es sollte mir leid thun, wenn Sie meine Nachsicht für Sie überböten. Sie müssen noch vor zehn Jahren ein gefährlicher Mann gewesen sein.

Marquis (galant). Ich habe nie lebhafter als in diesem Augenblick bedauert, der schönsten Frau des Reiches gegenüber um zehn Jahre zu alt zu sein. Ich würde ihr dann erfolgreicher beweisen, daß Sie keines Intriganten bedarf, um ganz Frankreich zu ihren Diensten zu haben.

Marquise. Der Abbé muß heute in einem Anfalle von Raserei gewesen sein.

Marquis. Leute, die solchen Anfällen ausgesetzt sind, müssen eingesperrt werden.

Marquise. Ich denke, das wollen Sie nicht mehr?

Marquis. Ich will es nicht, wenn Sie es nicht wollen! Wenn er unsern Degen nicht begegnet, das Tribunal wird ihn zu finden wissen. Der Parlamentsrath, welchen Sie eben mit Schimpf und Schande fortgeschickt haben —

Marquise (lachend). Ich danke Ihnen übrigens, Marquis, daß Sie mir diese Genugthuung verschafft haben.

Marquis (unter Lächeln sich verbeugend). Es war mir ein Vergnügen, Ihnen gefällig zu sein — dieser Parlamentsrath legt morgen dem Tribunal das Sündenregister dieses Abbés vor —

Marquise. Ohne Beweise!

Marquis. Bitte um Entschuldigung! Dieser Abbé hat heute für Alles gesorgt: es ist bewiesen, daß er heute vermittelst eines Domestiken in das Haus eines Edelmanns eingebrochen ist und Documente entwendet hat, daß er diese Documente verfälscht und damit einem andern Edelmanne eine hohe Summe abgepreßt hat. Dies Alles verflicht sich mit jener Entführungsgeschichte, welche er auf Rechnung der Frau Marquise von Pompadour unternommen zu haben vorgiebt, und wird die pikantesten Aussagen vor Gericht liefern.

Marquise. Als ob dergleichen nicht mit einem Federstrich niederzuschlagen wäre!

Marquis. Ohne Zweifel! Aber es ist unbegreiflich, wie eine so kluge Frau für einen so unklugen Agenten ganz Frankreich herausfordern mag. Nach diesen Beweisen von Treue halte ich es für beneidenswerth, der Frau Marquise dienen zu dürfen.

Dominique (welcher im Vorzimmer nach links hinterwärts gesehn, kommt an die Schwelle und ruft). Der König verläßt seine Gemächer!

Marquise. Allons, Marquis! stimmen Sie mich heiter, damit ich unsern melancholischen Herrn erfreue!

Marquis. Begraben Sie einen ungeschickten Agenten in der Bastille! Ich weiß nichts Erheiternderes, als ein verworrenes Stück Vergangenheit für immer beseitigt zu haben!

Marquise. Ich denke, Sie wollen keine lettre de cachet?

Marquis. Käme sie aus Ihren Händen, so wäre sie mir wie Alles küssenswerth!

Dominique. Der König steigt die Treppe herunter.

Marquise. Wissen Sie mir einen andern Agenten zu verschaffen?

Marquis. Zwei, und viel gescheitere!

Marquise. Wer kann denn aber Ihnen überhaupt trauen?

Marquis. Wer geistreich und liebenswürdig ist!

Marquise. Sie sind ein Schalk!

Marquis (sie bis an die Thür geleitend). Ein alt = fran= zösischer! (Die Marquise geht ab; er ruft ihr nach:) Robert, Abbé von der Sauce, ist der vollständige Name, gnädigste Frau! (Trocknet sich die Stirn und geht umher.) 's ist eine Schande, daß die Verhaftung eines Lumps so viel Mühe macht! — Um so schneller soll die Execution vor sich gehn!

Marquise (innen rufend). Hier, Herr Marquis!

Marquis (eilt hinein).

Dominique (tritt ein und ruft). Der König!

Marquis (kommt mit einem Blatt Papier zurück und geht sogleich mit den Worten ab). Es war die höchste Zeit. — Mein Portier erwartet Sie, Dominique! — Nun wird einem Schurken der Hals gebrochen, Leben und Ehre wird gerettet, und die mir theuer sind auf Erden, sie werden beglückt! (Ab.)

Dreizehnte Scene.

Dominique — Marquise.

Dominique (den Marquis bis ins Vorzimmer geleitend). Zu Befehl, Herr Marquis! (Die Marquise klingelt, er wendet sich sogleich herein.) Zu Befehl, Frau Marquise!

Marquise (erscheint an der Schwelle). Schicken Sie sogleich den André zum Abbé. Der Abbé möge sich unverzüglich hierher verfügen, seine Freiheit sei bedroht, wenn er daheim bleibe, hier möge er warten, bis sich der König zurückgezogen, dann würde ich ihn sprechen. (Ab.)

Dominique (verbeugt sich und geht).

Verwandlung.

Zimmer des Abbé. Rechts ein Tisch zum Schreiben, daneben eine eiserne Kiste, welche offen steht.

Vierzehnte Scene.

A b b é (allein).

A b b é (sitzt vor der Kiste und nimmt Briefe heraus, sie auf den Tisch legend). Mit dem Marquis mag ich nicht in offnem Bruche leben! Er achtet das Geld nicht, und ist nicht zu erschrecken. Ueber solche vermag man nichts. Ein Mensch, dem es einerlei ist, ob er hunderttausend Francs oder zehn Francs ausgiebt, solch ein Mensch ist der schlimmste Feind. Ich verkaufe ihm die Briefe morgenden Tags! 's war ein dummer Streich, daß ich's nicht gleich that, aber ich mußte erst auf's Reine kommen über den vorgespiegelten Tod der Baronin. Nun hab' ich die Betschwester gesprochen, und die Sache in ein ander Gleis gebracht, nun kann ich zur Noth die Briefe entbehren für 100,000 Francs. Die Nacht ist lang genug, um 40 Briefe zu copiren, und die Copien sind auch was werth. Hab' ich Mutter und Tochter erst im Kloster, dann soll mir's auch mit den Copien ge= lingen, diesem spröden Mädchen den Stolz der Sippschaft zu verleiden, und sie hinzubringen, wohin ich will. —

Ich will nur hoffen, der Marquis ist durch meine Weigerung nicht zu dem Verzweiflungsstreiche verleitet worden, den König auf dem Vorsaale anzutreten. Der König ist im Stande und verbannt ihn dafür auf eine Zeitlang vom Hofe, oder schickt ihn gar in die Bastille, und ich komme um 100,000 Francs. — Leidenschaft bleibt Unheil, man herrscht nur wenn man kaltes Blut hat. Daß ich so versessen bin auf das Mädchen, das hat mir die Prozedur abscheulich erschwert! Ich muß eben auch meinen Tribut entrichten! Ich lebe von der Schwäche und Dummheit der Menschen, und muß denn auch für meine Schwäche den Einsatz zahlen. Mit den Jahren wird's wol besser werden, und ich sehe eine schöne Zukunft vor mir: die vornehmen Sünder werden gedemüthigt, Staat

und Gesellschaft sind untergraben allerwegs, die schwachen
Seelen taumeln alle, und wer einen Köhlerglauben vorspiegeln
kann, an den klammern sie sich, und der nimmt ihnen, was er
mag. Der Glaube macht selig und der Verstand herrscht
über die Seligen! (Es klopft dreimal; leise:) Holla! wer kommt?
Schickt die Marquise noch? Hat der Marquis doch was
angerichtet? (Es klopft wiederum dreimal; leise:) Das Zeichen
wird richtig. (Er macht den Deckel der Kiste zu. Es klopft nochmals
dreimal; leise:) André, sind Sie's?

Tulpe (von außen). Ich bin es, Herr Abbé! Tulpe!
Ich bringe wichtige und gute Neuigkeiten!

Abbé. Tulpe! Also doch vom Marquis? (Er öffnet,
die Thür wird aufgestoßen.)

Fünfzehnte Scene.

Der Marquis und Chevalier (treten mit gezogenem Degen
gleichzeitig ein — hinter ihnen ein) Polizeioffizier — der
Abbé (will nach dem Schreibtisch eilen, der Marquis aber vertritt ihm
mit vorgehaltenem Degen den Weg).

Marquis. Sachte, Bursche, die Papiere gehören
uns, Ihre Person gehört dem Könige.

Polizeioffizier. Im Namen des Königs verhaft'
ich Sie!

Abbé. Mich? Sind Sie verrückt?

Marquis. Sie, Robert, Abbé von der Sauce, laut
dieser lettre de cachet. — (Zum Polizeioffizier:) Haben Sie
die Güte, uns ein paar Minuten noch mit dem Manne
allein zu lassen, damit wir uns über die Papiere ver=
ständigen.

Polizeioffizier (sich verbeugend). Zu Befehl, Herr
Marquis! (Ab.)

Sechzehnte Scene.

Die Vorigen (ohne den Polizeioffizier).

Marquis. Victor, halten Sie mir den Herrn beim Leibe, bis ich gefunden, was ich brauche! (Setzt sich an den Schreibtisch.)

Chevalier (dem Abbé den Degen auf die Brust setzend). Treten Sie etwas zurück, mein Herr, wenn's beliebt!

Marquis (lachend). Wenn's nicht beliebt, machen Sie ihm ein Loch in die Kutte!

Chevalier (ihn nach links drängend). 's wär' schade um's Kleid!

Marquis (die Briefe zählend). Charmant! charmant! Sie sind unübertrefflich, Herr Abbé, die Briefe sind schon für mich zurechtgelegt, sind numerirt, netto 40, das er= leichtert das Geschäft! 's fehlt blos der Umschlag! (Den Kasten aufstoßend, ein großes Blatt Papier herausnehmend, worein er die Briefe hüllt, die er dann einsteckt.) Ein vortrefflicher Wirth, unser Abbé, der halbe Kasten ist voll Gold. 100,000 Francs hatten Sie sich vom Baron zahlen lassen für das Geheimniß?

Abbé. Nein.

Marquis. Wohlfeiler also?

Abbé. Um die Hälfte.

Marquis. Ah, Sie sind ein Menschenkenner! (lachend) für 100,000 hätte er's nicht genommen! Seien Sie unbesorgt, er bekommt sie nicht zurück: die Lection ist seiner Geldsucht heilsam. Nun, zum Ende! Sie sehen, daß Sie verloren, daß Sie in meinen Händen sind! Je= nachdem Sie sich jetzt betragen werden, jenachdem lasse ich gegen Sie verfahren! Kommen Sie her und schreiben Sie!

Chevalier. Courage, Herr Abbé, 's ist leichter, als ein Mädchen zu entführen. (Er geleitet den Abbé zum Schreibtisch und stellt sich auf die rechte Seite desselben, der Marquis steht auf der linken.)

Abbé. Was soll ich schreiben?

Marquis. Folgendes (dictirt): „Verzeihen Sie meine
Frevelthaten, Herr Baron, so wie der Herr Parlamentsrath von Didier mir verzeihen möge, verzeihen Sie mir
um des Geständnisses willen, das ich hiermit freiwillig"
— freiwillig, nicht wahr? — „ablege, und das wieder
gut machen soll, was mein Betrug verschuldet. Ja, die
Briefe, welche ich Ihnen beiden mitgetheilt, welche einen
Jugendfehl der Frau Baronin vorspiegeln sollten, und mit
denen ich heute den Herrn Baron um 50,000 Francs
gebracht habe, waren unächt, waren von mir geschmiedet."
— Zweifeln Sie noch? — „Ich that's, weil ich von einer
unseligen Leidenschaft für Fräulein Melanie getrieben wurde,
weil ich durch jene Briefe die Verheirathung derselben
hindern konnte."

    Haben Sie's?

Abbé. Ja.

Marquis (einen Brief aus der Brusttasche ziehend). Ist es
die Handschrift, deren Sie sich an Herrn von Didier und
den Herrn Baron bedienten? (Er vergleicht.)

Abbé. Ich habe nur eine Handschrift!

Marquis und Chevalier (lachen auf).

Marquis. Ehrlich Spiel! Bravo, Abbé! Ihre
Chancen steigen, die Schrift ist gut, jetzt unterschreiben
Sie Ihren vollen Namen und adressiren den Brief an den
Herrn Baron von Gérard! (Abbé thut's.) So! Der Brief
gehört Ihnen, Victor, 's ist Ihr Empfehlungsbrief!

Chevalier. Ich danke, Herr Marquis!

Marquis (im Kasten sich umsehend). Ich bin erstaunt
über Ihre Trägheit, Herr Abbé, es sind noch keine Copien
der Briefe angefertigt, 's gab heute gar zu viel Geschäfte,
nicht wahr? Nun zu Nr. 2! Ein neues Blatt! Schreiben
Sie! (dictirt) „Meine Hülfsmittel sind am Ende, ich bin
ertappt und, was den frommen Abbé anbetrifft, sicherlich
verloren. So will ich denn von Ihnen, meiner gläubigsten

Heldin, die mir so leichtes Spiel machte, mit der Genug=
thuung scheiden, daß wenigstens kein Andrer ernten kann,
wo ich gesäet habe. Leichtgläubige Frau Baronin, wo ich
auch immer hingerathen mag, überall wird es zu meiner
heitersten Erinnerung gehören, wie Sie mit einem Bischen
Sünde, Hölle und Satan an der Nase herumzuführen
waren."

Abbé. Das schreib' ich nicht.

Marquis (das Blatt nehmend). Wie Sie wollen! Es
steht schon genug darauf! (Man hört das Aufstoßen einer Menge
Gewehrkolben draußen.) Victor, rufen Sie die Wache, die
eben ankommt!

Abbé. Geben Sie her! (Schreibt.)

Marquis. Nun noch den Namen — und die
Adresse! Sie wissen sie schon? Ganz recht: Frau Baronin
von Gérard! Wir verstehen uns. So! (Nimmt den Brief,
streut Sand darauf, steckt ihn ein.) Jetzt sind wir fertig.

Abbé (steht auf). Leben Sie wohl, und ohne Rancüne!

Marquis. Nicht doch, Süßer, zwischen uns kann
nicht von Rancüne die Rede sein, wir bleiben einander
nichts schuldig, und wohl zu leben wünschen wir Ihnen,
denn wir werden die letzten hier auf dem Platze sein.
(Er winkt dem Chevalier, der nach der Thür geht und sie öffnet. Man sieht
Soldaten aufmarschirt, der Polizeioffizier tritt ein.)

Siebzehnte Scene.

Polizeioffizier — die Vorigen.

Abbé (wüthend). Sie halten Ihr Versprechen nicht!?

Marquis. Unverschämter, was hab' ich Ihnen
versprochen?

Abbé. Ihr „Jenachdem ich mich betrüge" — wo=
für hab' ich die Briefe geschrieben?

Marquis. Das ist Ihr Geheimniß, und diesmal
wird's nicht bezahlt, sondern hat Sie betrogen!

Abbé (stampft mit dem Fuße).

Marquis (dem der Polizeioffizier ein Zeichen macht).
Was giebt's? (Jener sagt ihm etwas ins Ohr.) Von der Frau
Marquise?

Polizeioffizier (nickt mit dem Kopfe).

Marquis. Hat er eine Contreordre des Königs?

Polizeioffizier. Er hat nichts als einen münd-
lichen Auftrag.

Marquis. Ist also nicht zu beachten!

Abbé (zum Polizeioffizier). Ich warne Sie, mein
Herr, das Geringste zu unternehmen gegen den Willen der
Frau Marquise, Sie würden es theuer bezahlen!

Marquis. Lassen Sie sich nicht einschüchtern! Die
Flagge deckt das Schiff: hier ist des Königs Befehl, und
wehe dem Beamten, der nicht darnach handelt. Der Zufall
sichert Sie auch gegen irgend ein Mißfallen: diese Kiste
enthält den zusammengescharrten Raub des Delinquenten,
davon gehören 50,000 Francs dem Herrn Baron von
Gérard, um welche ihn laut schriftlichen Eingeständnisses
der Uebelthäter heut' erst betrogen. Diese Summe über-
läßt Ihnen der Herr Baron für sichere Festsetzung dieses
Menschen. Deponiren Sie die Kiste beim Tribunal und
holen Sie sich morgen bei mir die Anweisung des Herrn
Barons auf jene Summe.

Polizeioffizier (sich verbeugend). Der Herr Marquis
sind sehr gnädig! (Er winkt einigen Soldaten, welche die Kiste
hinaustragen.)

Marquis. A propos, besorgen Sie mir doch auch
— wo ist Tulpe?

Achtzehnte Scene.

Tulpe — die Vorigen.

Tulpe. Hier, gnädiger Herr Marquis, die 200 Louis-
d'or hätten ja Zeit gehabt —

Marquis. Die haben Zeit, Tulpe, bis Du Dich gebessert hast! — Besorgen Sie mir doch auch diese Tulpe mit ins Loch!

Tulpe. Sie versprechen sich!

Marquis. Er ist ein Kamerad des Delinquenten, und ich werde durch den Parlamentsrath Herrn von Didier die Einsperrung desselben begründen lassen. Die Burschen haben ja wol beide im Wagen Platz, und so haben sie Unterhaltung bis Paris.

Polizeioffizier (verbeugt sich).

Tulpe. Aber gnädigster Herr Marquis.

Marquis. Tülpchen, Du warst zu sehr in die Blätter gerathen und fingst an, übel zu riechen — allons, vorwärts!

Tulpe. Sie haben doch aber geruht —

Marquis. Dich zu verhören! Das soll Dir eine angenehme Erinnerung sein, bis ich einmal nachfragen komme, ob Besserung von Dir zu erwarten stehe — nimm das Licht und leuchte uns vor! Rasch!

Abbé. Nun denn, im Augenblicke erlieg' ich Euch, dreisten Kindern der Welt; aber die Meinigen wachen, sie wachen Tag und Nacht, sie befreien mich zu Eurem Ver= derben. Und gelingt's ihnen nicht: wir haben Geduld für Jahrhunderte. Eure Kinder und Kindeskinder werden noch zittern vor uns, dies sei mein Trost in der Bastille, mein Lebewohl, bis wir uns wiedersehn! (Ab.)

Marquis. Wie der Schurke seine Macht kennt! Gott gebe, daß die gesunde Natur nicht ausstirbt, welche Pfaffenthum von Religion zu unterscheiden weiß.

(Polizeioffizier mit dem Abbé voraus, Tulpe bleibt mit dem Lichte an der offenen Thür stehen, auf den Marquis und Chevalier wartend.)

Chevalier. Beim Lichte besehn verdank' ich's diesen Uebelthätern, daß ich an einem Tage weiter gekommen bin, als sonst in einem Jahre!

Marquis. Desto besser! Aber Freund, jetzt besteht der Baron auf Prospers Bewerbung! Wir sind noch lange

9 *

nicht fertig, und Mitleid mit diesen Schurken ist ein falsches
Mitleid: es ist eine Schwäche der Jugend, Alles zu bezahlen,
was sie gewinnt. Damit wird man bankerott! Sehen Sie
über meinem Kopfe nichts? Da hängt das Schwert der
Marquise, die ich überholt habe — seien wir froh, wenn
wir im Sichern sind, eh' es fällt! — (Er nimmt den Chevalier
unter den Arm.) Also rasch ans Letzte! (zu Tulpe:) Vorwärts!
(Alle ab.)

Verwandlung.

Salon beim Baron, wie in den vorigen Acten.

Neunzehnte Scene.

Baron und Remy (treten ein) — bald darauf Baronin
und Melanie.

Remy. So leid es mir thut, Herr Baron, es ist
gegen mein Gewissen, solche trügerische Papiere auszufertigen.

Baron. Vergeb's Ihnen Gott, daß Sie mich ver=
lassen, wie alle Welt — (setzt sich) ich habe keine Kraft
mehr, irgend etwas zu erzwingen, ich habe umsonst gearbeitet,
Alles zerbröckelt mir unter den Händen!
(Baronin und Melanie treten ein.)

Baronin. Lassen Sie uns Abschied nehmen von
einander, lieber Baron, und segnen Sie Melanie!

Baron. Und auch Du, Melanie, verläßlest mich!

Melanie. Die Mama will's haben, und ich fürchte
mich! Ich sehe, daß ein Mädchen ohne männlichen Schutz
immerwährend gefährdet und bedroht ist!

Baron. Nun so heirathe! Ich sehe Dich lieber den
Ersten Besten heirathen, als ins Kloster gehn!

Melanie. Wirklich?

Baronin. Melanie!

Baron. Im Kloster erreicht Dich der weltliche Arm
der Marquise am Sichersten!

Melanie. Nun dann, Papa, will ich lieber heirathen.

Baronin. Melanie!

Baron. Gott lohne Dir's! — (aufspringend) Da kommen sie!

Zwanzigste Scene.

Marquis — Chevalier — Didier — Prosper — die Vorigen.

Marquis. Bon soir! Das Abendessen ist servirt, meine Herrschaften!

Baron (lebhaft). Wenn Sie uns nur Appetit mit= bringen!

Marquis. Ich bring' ihn mit — Victor! Später Galanterie, erst Geschäfte! Victor hat für Sie gesorgt, Herr Baron! (Er winkt diesem, der sich an Melanie gewendet hatte und nun mit dem Baron rechts vortritt, ihm leise erzählend und sodann den Brief des Abbés überreichend. Prosper scheint seinen Vater zu bitten, daß er gehn dürfe, dieser aber scheint ihm das Dableiben zu befehlen. Der Marquis führt die Baronin links in den Vordergrund und übergiebt ihr die Briefe — Melanie geht hinaus.)

Marquis. Es sind alle 43! Machen Sie damit, was Ihnen gut dünkt!

Baronin. Mein Gott!

Marquis. Das zweite besteht darin, daß ich Ihren Abbé — er hatte die Briefe gestohlen — nun entlarvt habe. Er wollte Melanie entführen, er wollte sie ver= kuppeln, er, Ihr Heiliger, auf dessen Rath Sie das Kloster suchen.

Baronin. Philipp!

Marquis (die Hand aufs Herz legend). Clementine! Bei meiner armen Seele, bei meiner guten Ehre, ich spreche die Wahrheit! Kennen Sie diese Handschrift? (Zeigt ihr den Brief.)

Baronin. Des Abbés!

Marquis. Lesen Sie! (Die Baronin und der Baron lesen

in diesem Augenblicke gleichzeitig, und der Marquis wendet sich indessen zu Didier, leise sprechend:) Wie viel geben Sie Ihrem verlornen Sohne Aussteuer zur Hochzeit?

Didier (sich mit dem Marquis von Prosper entfernend). Herr Marquis!

Marquis. Ohne Umstände! Sie sollen zunächst gar nicht das Glück haben, sich öffentlich zu ihm zu bekennen. — Sie werden mich später selbst darum bitten! (Reden leise weiter.)

Baron (nachdem er gelesen). Lassen Sie sich umarmen, Theuerster, Sie machen mich glücklich ganz und gar! Wissen Sie, was Sie mir verschafft haben?

Chevalier. Nein, Herr Baron, ich kenne den Zusammenhang dieser Dinge nicht!

Baron (ihn von Neuem umarmend). Sie sind ein Engel! (Gleichzeitig hat die Baronin ihr äußerstes Erstaunen ausgedruckt, eine Zeit-lang unbeweglich stehend, die Thränen trocknend, dann die Länge der Bühne auf und nieder gehend.) Da, Herr von Didier, lesen Sie, in welchen nichtswürdigen Händen wir gewesen sind, und wie voreilig Sie gehandelt haben. (Zum Marquis leise:) Wird Didier anhalten für Prosper? das fehlt noch!

Marquis. Er wird. (Geht zur Baronin.)

Einundzwanzigste Scene.

Melanie (kommt zurück mit einem großen Briefe) — die Vorigen.

Melanie. Es ist ein großer Brief für Sie abgegeben worden, Pathe!

Marquis (ihn betrachtend). Und Melanie muß mir ihn bringen! Weh mir, es ist das Siegel des Königs, es birgt meine Strafe! (Oeffnend und lesend.) — Ich bin ver-bannt vom Hofe! — Das thut mir weh! (Die Baronin, Melanie, der Chevalier treten theilnehmend zu ihm.) Herr Parla-mentsrath, thun Sie Ihre Pflicht!

Didier. Herr Baron, Frau Baronin! Mein Sohn

bittet, der heute geschlossene Verlobungsact möge in ungestörter Kraft bestehn!

Melanie. Mutter, Pathe, helft mir! Ich mag diesen Mann nicht!

Prosper. Mein Fräulein!

Baron. Hast Du nicht eben gesagt, Du wolltest den Ersten den Besten?

Prosper. Herr Baron!

Melanie. Das ist wol der Erste, aber nicht der Beste!

Baron. Wer sonst?

Melanie (Victor in die Arme eilend). Mein lieber Victor, dem ich im kindischen Sinne so weh gethan!

(Prosper geht ab.)

Marquis (leise zum Baron). Victor weiß um Alles und weiß um Nichts, wenn er Melanies Hand erhält!

Baron. Mein Gott! So bleibt das Schwert aufgehoben über mir!

Marquis. Aber in guten Händen! Wir ernten unsre Sünde. Endigen Sie!

Baron. Ein wüster Tag!

Marquis (laut). Setzen Sie den Contract auf, Herr Remy! (Victor und Melanie eilen freudig dankend zum Baron, von diesem zurück zur Baronin.) Ja, ja, ernstlich! Und dieser gilt! (Remy setzt sich zum Schreiben.) Und Herr von Didier spielt wieder den Bräutigamsvater; er stattet den Chevalier aus mit 20,000 Francs Rente!

{ **Didier.** Den Chevalier?
{ **Baron — Melanie — Chevalier.** Herr von Didier!

Marquis (tritt zu Didier, leise). Nun, ist die Freude größer, als der Schreck?

Didier. Die Freude! (Streckt dem Chevalier die Hand entgegen.)

Chevalier. Wie soll ich für diese unerwartete Güte danken?

Didier. Lieben Sie mich!

Baron. Das wird ja noch ganz schön! Aber meine Frau?

Marquis. Giebt ihre Einwilligung und geht auch nicht ins Kloster.

Baron. Wahrhaftig?

Melanie. Mutter! (Eilt zu ihr und wird zärtlich von ihr umarmt.)

Baron. Marquis, Sie sind ein Zauberer!

Baronin. Sie hatten Recht, Baron, ich war in schlechten Händen, und hab' Ihnen viel Kummer damit gemacht. Es ist vorbei! Gott hat es so gewollt! Was an den Tag kommen soll —

Baron. Keine Geständnisse mehr, Baronin!

Baronin (lächelnd). Nein, lieber Baron! Wenn wir die Kinder glücklich machen, wird mir Gott vergeben!

Marquis. Sichrer als um frömmelnde Büßungen! Jugendsünden werden durch gute Thaten im Alter gebüßt, und wehe Euch, Ihr schlimmen Kinder, wenn Ihr nicht glücklich werdet, Ihr habt's den alten Herren sauer gemacht; vom Frühstück bis zum Abendessen bin ich gehetzt worden — sind Sie fertig, Herr Remy?

Remy. Zu Befehl!

Marquis. So laßt uns unterschreiben und, damit nicht wieder etwas passirt, morgen Hochzeit ausrichten. (Alle unterschreiben hastig.) Werdet Ihr den alten Pathen ins Exil nach der Auvergne begleiten?

Alle. Alle! Alle!

Marquis. Ich dank' Euch! — Aber ich fürchte, Kinder, Ihr werdet sehr gute Eheleute; Ihr seid nicht mehr von unserm Rokoko=Schlage! Baron, Didier, ich hab' eine Ahnung, daß es mit uns alten Herren zu Ende geht in Frankreich!

Melanie. Nicht doch, Pathe!

Marquis. Wenn uns die Jugend vergiebt, so sind wir begnadigt; denn der Jugend gehört die Zukunft.

(Der Vorhang fällt.)

Schluß.

Leipzig, Walter Wigand's Buchdruckerei.